もうずっと前から
知っていると伝える
▶抱きしめる
絢奈
「私は酷い女です。本当の私を知ったら、斗和君だって……」

音無絢奈
PROFILE
一途な幼馴染
このエロゲのメインヒロイン。
ゲームの主人公である修に
並々ならぬ想いを抱く彼女は、
斗和と二人きりになると表情を一変する。
本条伊織
PROFILE
クールな生徒会長
冷たい美人と評判の生徒会長。
後輩である修のことを気に入っていて、
たびたび生徒会の用事で呼びつけることも。
「絢奈先輩[redacted]男性を誘惑するにはおっぱいが
大きかった[redacted]した方が圧倒的に有利ですよね？」
「真理ちゃん、大事なのは中身であると同時に
相手を想う気持ちでしょう」

三人の美少女が仲良くしている姿が
目の保養というのももちろんある……
でもそれ以上に、二人に囲まれて
楽しそうにしている絢奈の姿が
俺は一番印象的だった。
内田真理
PROFILE
元気な後輩スポーツ少女
明るく元気が取り柄の陸上部期待の新人。
ランニング中に出会った修を慕うようになり、
健気にアプローチを続ける。

近づいたからこそスマホを通じて
僅かに修の声も耳に入るが、
俺はそれを気にすることなく
絢奈を抱きしめる腕に力を込める。
「いえ、何でもないですよ。
それで……まだ話は続きそうですか？」
こうして絢奈に自ら近づいた時点で
罪悪感なんてものは欠片もないし、
むしろ今彼女は俺の腕の中に居るんだと
良からぬ感情さえ抱く。

「うん……っ……」
俺の手の動きに心地よさを感じるかのように
絢奈から艶のある声が漏れる。

「ずっと私が抱え続けていたモノに気付いてくれるだけじゃなくて、また見たいと思っていた姿を見せてくれて、更には私が一番欲しい言葉をくれた」
「私も斗和君が好きです。どうしようもないくらいに好きです」

「何があっても離れたくない、
それくらい好きなんです。
重い女と思われても構わない、
それほどまでに大好きなんです」

CONTENTS

1章 …… 003
2章 …… 044
3章 …… 086
4章 …… 121
5章 …… 162
6章 …… 199
7章 …… 238
あとがき …… 254

エロゲのヒロインを寝取る男に
転生したが、俺は絶対に寝取らない２

みょん

角川スニーカー文庫

23716

口絵・本文イラスト／千種みのり
口絵・本文デザイン／AFTERGLOW

1章

ゲーム世界に転生——そんなこと、あり得ないとずっと思っていた。

普通に生きて、普通に生活して、普通に歳《とし》を取って、普通に生を終える……それが人間の人生であり当たり前の日常。俺もまた、そんな生き方をするはずだった。

しかし、俺はふとした時に転生していた——【僕は全てを奪われた】という題名のエロゲの世界へと気付けば生まれ変わっていた。

主人公ではなく、その主人公からヒロインを奪い取る男——雪代斗和《ゆきしろとわ》に。

生まれ変わったことで困惑はあったたし、迷いなんてものも当然あったのだが、まるで俺の意識が斗和の肉体に順応するかのようにこの世界へ定着していった。

まだ何カ月もこの世界で過ごしたわけではない……それでも、俺の胸に宿ったある想《おも》いがある。

この世界における主人公の幼馴染《おさななじみ》である女の子——ヒロインの音無絢奈《おとなしあやな》、俺は彼女の笑顔を守りたい、彼女との日々を共に歩んでいきたいと願っている。

彼女が抱えている何か、この世界に秘められた謎……それがたとえ闇の中にあったとしても俺は必ずそれを摑《つか》んでみせる。

そこにきっと、俺がこの世界にやってきた意味があると思うからだ。

▽▼

「……そう決意したはずなのに」

「どうしたんですか?」

「いや……何でもない」

この世界に隠された真実を知りたい、絢奈の抱えている何かを知りたい……そう思っていたはずなのに、その意志を溶かすような甘さが俺をダメにする。

「二人っきりなんですから。このままゆっくりしましょうよ」

耳元で囁《ささや》かれた声に俺は視線を向けた。

俺の腕を抱くようにして隣に座っている女の子——音無絢奈はニコッと微笑《ほほえ》んで俺の顔を見つめている。

今日は友人の相坂《あいさか》と珍しく二人で昼食を済ませ、暇を持て余していたのと改めて考えを纏《まと》めたいと思ったので、俺は一人で屋上にやってきた。

『斗和君。ここに居たんですね』

一人でのんびりしていた時、ドアが開いてひょこっと彼女が顔を見せたのだ。

こう言ってはなんだが背後に誰かが居るような、それこそ追いかけられている感覚がなかっただけに、笑顔ではあったものの突然に現れた彼女には驚かされた。

『斗和君……斗和君♪』

二人っきりになったら私のターンだと言わんばかりに、彼女は俺との距離を詰めて身を寄せてきた。

考え事に浸りたい、これからのことを考えたい……そうは思っても、俺自身が何より彼女との時間を望んでいるため、こうなってしまうと抗《あらが》うことなど出来ない。

「後二十分くらいか……」

「そうですね。まだまだイチャイチャ出来ますよ？」

絢奈は頬を紅潮させ、瞳に期待を滲《にじ》ませて俺を見つめてきた。

彼女のその姿はあまりに愛らしく、何より放つ魅力が凄《すさ》まじい――俺は彼女の頬に手を添え、顔を近づけてキスをした。

「ぅん……ちゅっ」

屋上に生徒が訪れることは滅多《めった》になく、俺たち以外に誰もこの場には居ない。

一旦難しいことは置いておいて、彼女が言ったように今はこの瞬間を楽しむことにしよう。

長くサラサラとした黒髪は枝毛一本なく、指で掬《すく》っても一切引っ掛からない。

「絢奈の髪は綺麗《きれい》だな」

「ありがとうございます。長くて手入れは大変ですけど、斗和君がそんな風に言ってくれるのなら日々の頑張りの甲斐《かい》がありますね♪」

本当にどうしてこの子はこんなにも相手を立てるというか、嬉《うれ》しくなることを的確に口にしてくれるのだろうか。

ジッと彼女の宝石のような瞳を見つめる。

絢奈はまだキスがしたいようだが、正直これ以上続けると色々と危ない。

「そろそろ戻ろうぜ」

「え？　まだ大丈夫ですよ？　それにこれからじゃないですか？」

「これからって？」

「これからはこれからですよぉ」

目をトロンとさせ、彼女は先ほどよりも更に甘い空気を醸し出す。

この世界で俺自身を認識した時、彼女はどうしてこんなにも俺に対して距離が近いのかと困惑したことすらもどこか懐かしく感じる。

（あの日……絢奈を求めてから彼女の存在が大きくなってる）

状況に流されたのは否《いな》めないが、あの時俺は心から絢奈を求めた。

あの出来事もあって俺は彼女のことを強く想い、傍《そば》に居たいという明確な目標を持ったわけだが……取り敢《あ》えず、今は心を鬼にして絢奈から離れた。

「流石《さすが》に学校だからな。キスをした俺が言うのもなんだけど……」

「えぇ～。前に視聴覚室で最後までしてくれたじゃないですかぁ……」

「っ⁉︎⁉︎」

残念そうに呟《つぶや》かれた言葉に俺は目を見開いた。

斗和に関する記憶は追体験するように、あるいは絢奈たちと接することで思い出し知ったとはいえ、当然ながら思い出せていないことは多い——今、絢奈から聞かされたことはまさに寝耳に水とも言える情報だった。

「えっと……その……」

「むぅ……っ！」

可愛《かわい》く頬を膨らませているところ申し訳ないが一言良いか？　おい斗和！　お前学校で何をやってるんだよ！　学校は学ぶところであってそういうことをする場所じゃねえぞ分かってんのか!?

いやいや、お前も今キスしてたじゃんって言われると黙る他ないがそれにしたって流石に……ねぇ？

(学校でとかエロゲかよ……あ、エロゲの世界だったわ)

そういえばそうだったと内心で勝手に納得し、何とか絢奈を説得する形で教室へと戻った。

絢奈は残りの時間を友人たちと楽しむらしく、そちらに向かった。

彼女の後ろ姿を見送ってすぐに一人の男子が声を掛けてきた。

「絢奈と一緒だったの？」

傍に立ったのは佐々木《ささき》修《しゅう》――この世界の主人公だ。

修の言葉に頷《うなず》いて自分の席に向かうと、修はそのまま俺の傍に付いてきた。

「昼食を食べてからすぐに居なくなったんだよね。そっか、斗和の傍に居たんなら安心かな」

「……ま、ちょい話をしていただけだな」

決してキスをしたことも、深い話をしたことも彼には伝えない。

元々、この世界で自分を認識した時――俺は修と絢奈のために何もしないという考えを持っていた。

しかし、こうして斗和になって過ごしてみるとその考えは大きく変わった。

俺は絢奈を守りたい。彼女の笑顔を守りたい。その役目を誰にも……修にさえ絶対に渡したくないと強く考えるようになった。

「どうしたの？」

「いや、何でもないさ」

俺は修から視線を逸《そ》らす。

彼の気持ちを知りながら裏で絢奈と秘密の関係を続ける……それに罪悪感を抱きつつも、どこか優越感を感じているのも確かだった。

「…………」

けれどやっぱり、心の中に僅かではない大きな引っ掛かりを感じている。

喉元まで出かかっているとはいえないまでも、記憶に蓋がされているような妙なこの感覚の正体を俺は知りたい……知らなければいけないんだ。

「ほら、そろそろ授業が始まるから戻れよ」

「あ、うん。分かった」

修が離れていき、本当の意味で静かになった。

授業の準備をしながら考えることはやっぱりこの世界のことで、最近はもうずっとこればかりだが、考えに集中出来るのは悪いことじゃない。

授業が始まり、しっかりと黒板に書かれた内容をノートに書き写していた時だ。

「……え？」

黒板に書かれていた文字が歪《ゆが》み、あまりにも場違いな言葉が浮かび上がる。

追い詰めて……追い詰めて……。

苦しませて……苦しませて……。

「……なんだ？」

俺はつい、目元を解《ほぐ》すように手を当てた。

そうしてすぐに再び視線を黒板に戻すと、元の文字がそこには並んでおり、今一瞬見えた不可解な言葉は消え失《う》せていた。

疲れているのか、はたまた寝不足なのか……少し声を出してしまい、隣に座っていたクラスメイトが不思議そうに俺を見つめてきたため、何とか誤魔化《ごまか》すように曖昧に笑っておいた。

「それじゃあこの問題を雪代、解いてみろ」

「……うっす」

ボーっとしていたことに気付かれたか？　そう思ったけど違うようだ。

俺はすぐに黒板に向かい問題を解く――少し考えてしまう計算問題だが、そこは流石斗和のスペックということでちゃんと解くことが出来た。

先生が満足そうに頷いたのを見て安心して席に戻る直前、チラッと視線が合った絢奈が心配そうに俺を見つめていたので、もしかしたらさっきの異変に気付かれたのかもしれない。

（心配するな。俺は大丈夫だよ）

そう心の中で呟いただけなのに絢奈が小さく頷いたので、今のがまさか伝わったのかと驚いたが、絢奈のことなのでそれも不思議ではないなと思える。

それからまた考え事をしながらも先生の話を聞き逃すようなことはせず、外面だけは真面目に授業を受けながら放課後へ。

「ふぃ～！　今日も疲れたぜぇ！」

終礼を終えてすぐ、今日も丸刈り頭が眩《まぶ》しい友人――相坂隆志《たかし》がそう言った。

「お疲れ様だな。でもお前はこれから部活だろ？　むしろ今から疲れるだろうに」

「いやいや、野球は好きだから別に良いんだよ。少なくともジッと椅子に座って眠たくなる話を聞くよりは数百倍マシだっての」

それは……確かにそうかもしれないなと苦笑した。

そんな風に相坂と言葉を交わしていると、教室の入り口から透き通った声が響く。

「失礼するわ。佐々木君は居るかしら？」

俺と相坂だけでなく、まだ教室に残っていた生徒の目がそちらに向いた。

入り口から教室の中を覗《のぞ》き込んでいるのは本条《ほんじょう》伊織《いおり》――我らが生徒会長であり、絢奈と同じでこの世界におけるヒロインの一人だ。

「どうした？」

「……いや」

つい彼女……伊織をずっと見つめてしまい相坂に首を傾《かし》げられてしまった。

何度も思うことだけど、絢奈だけでなく伊織たち他のヒロインも本当に外見のレベルがあまりにも高すぎる。

もちろん見た目の良さだけでなく、彼女たちと話をしたことでその心の清らかさもしっかりと伝わってくる。

（例外はあるけどな……）

そう、例外を除いて。

思い浮かんだのは修の妹と母親、そして……絢奈の母親だけど今は別にそこまで深く考えることでもない。

俺たちの視線の先に居る伊織のもとへ名前を呼ばれた修が近づいていく。

そのまま何かを話した後、修は伊織と共に行ってしまったので今日もまた放課後は彼女の手伝いをすることになったんだろう。

「って、部活は良いのか？」

「おっとマズイな。じゃあ行ってくるわ！」

慌てたように教室を出ていく相坂を見送ったところで、入れ替わるように絢奈が傍にやってきた。

「帰りますか？」

「あぁ……っと、すまんちょっとトイレ行ってくる」

修を待つとは言わないんだなと苦笑しつつ、俺は教室を出た。

途中でこの階には珍しい一つ上の先輩とすれ違ったが、俺は特に気にすることなくそのままトイレへ。

「……ふぃ〜」

出すものを出してスッキリした後、手を洗いながら俺は鏡に映る自分を見つめた。

この世界における俺の体……雪代斗和は端正な顔立ちをしているが、鏡に映る斗和はどこか気が抜けたような視線を向けてきている。

そっと濡《ぬ》れた手を伸ばし、鏡に映る俺に触れてみた。

しかし当然ながら鏡に映る斗和の姿をした俺自身は同じ動作をするだけ。表情は一切変えないし独立した動きをするなんていうホラーのようなことも起きない。

「……ったく、何やってんだか」

一人しか居ないのを良いことにアホなことをした自分に苦笑する。

絢奈のもとに戻る最中、俺はハンカチで手を拭きながらあの授業の時に見えた文字のことを思い出す。

「……追い詰めて……追い詰めて……苦しめて……苦しめて……」

今口に出したように、俺には確かにそう見えた。

あの時は突然のことに驚いたものの、結局気のせいかと流してしまったがどうしたことだろうか……このフレーズが妙に頭に残る。

まるで印象に残る歌を聴いた後のような感覚なのだ。

（分かんねえ……でもこうして気になるってことは何かあるってことだと思う。覚えておいて損はなさそうだな）

そんな風に考えながら教室に戻った時、先ほどすれ違った先輩が絢奈の前に立っていた。

「なあ音無さん。どうか今から時間を作ってもらえないか？」

「ですからそのような時間はありません。お引き取り下さい」

「そう言わずにさ。今一人なんだろ？」

「…………」

絢奈と先輩のやり取り、これだけで何が起きているか理解出来る。

わざわざ下の学年の教室までやってくる行動力は見た目のチャラさから想像に難くないが、出来ることなら女の子に迷惑を掛けていることを察するくらいはしてほしいものである。

「絢奈」

「あ、斗和君！」

様子見？　そんなことをするつもりはない。

残っていたクラスメイトの安心したような視線と、声を上げた絢奈に反応し驚くようにこちらを見た先輩。

「ごめんな。ちょっと待たせちまった」

「いえいえ、全然大丈夫ですよ」

ニコッと微笑《ほほえ》んだ絢奈、彼女は先輩の存在すらないものと言わんばかりに鞄《かばん》を肩に掛けて俺の隣に並んだ。

「お、音無さん待って――」

「先輩。絢奈にその意思はないようですから諦めてください」

「っ……」

あくまで柔らかい口調ではあったものの、彼女の迷惑を考えるくらいはしてほしいという意味を込めて視線だけは鋭くさせてもらった。

先輩は小さく舌打ちをして俺を睨《にら》んできたが、彼は気付いただろう――この教室には俺たち以外の生徒が残っており、絢奈の友人もこの場には居る。

彼女たちからも非難の込められた目を向けられ、旗色が悪いとようやく分かったのかそそくさと先輩は教室を出ていくのだった。

「じゃあ帰ろうか」

「はい♪」

それから絢奈と連れ立って廊下を歩く。

先輩に対して見せていた表情から一転し、今の彼女はすっかり機嫌を良くしたようで笑顔が絶えない。

（きっと……あんな風に色んな人から告白とかされてきたんだろうな）

今回は呼び出しだったけれど、それも告白と同じだとカウントすればかなりの数になるはず……絢奈はそれだけ魅力的な女の子で多くの男子が放っておかない。

そんな彼女と深い関係を持ったことに関してはとても嬉《うれ》しい……けれど、俺たちのことを何も知らない修にはやはり罪悪感が募る。

そして何より、過去のこともあって修に対してざまあみろと少しだけでも思ってしまう自分が、最低な奴《やつ》だと考えてしまうんだ。

「……うん？」

絢奈と廊下を歩いていた時、大きな荷物を抱える修と伊織の姿があった。

二人は俺たちに気付いていないが、重たくはないだろうかと気になってジッと見てしまった。

手伝おうか……なんて思った時、不思議と足が動かなかった。

（あれ……？）

どうして俺の足は動かないんだと困惑する。

しかし、そんな俺の手を引いたのが絢奈だった。

「斗和君。修君たちは大丈夫ですよ――なので私たちはこのまま帰りましょう」

まるで地面に縫い付けられたように動かなかった足が絢奈の言葉を聞いて途端に動き出した。

手の平に伝わる彼女の温《ぬく》もりと、大丈夫だと伝えられた優しい声音……その全てに身を委ねれば良いんだと耳元で囁《ささや》かれるかのようだ。

修たちから距離を取れば取るほど先ほどの違和感が消えてなくなり、校舎から外に出た時にはもう気にすることすらなかった。

「これからどうします？　そのまま帰りますか？」

「う～ん、それはそれで勿体《もったい》なくないか？」

「それはつまり……もっと私と一緒に居たいということでしょうか？」

絢奈は口元に人差し指を当て、あざとさ全開でそう口にした。

どんな仕草をしても似合うなと相変わらずなことを思いつつ、当たり前だろうと言わんばかりに俺は頷《うなず》く。

「それじゃあデートと洒落《しゃれ》込《こ》みましょう！」

「あぁ」

そうだな……絢奈とのデート、たっぷりと楽しもうじゃないか。

とはいえ何をするか、どこに向かうかなんて何も決まってはいないため、今日も気の向くままに彼女と歩くことになりそうだ。

校門を出て少し歩くと陸上部が走っている姿が目に入る。

どうやら外を走って戻ってきたようだが、その中に見覚えのある顔を見つけた。

「あ、絢奈先輩に雪代先輩！」

走っている最中なので汗を掻《か》いているのはもちろん、息も上がっているのに元気よく声を掛けてきたのは内田真理《うちだまり》——俺たちにとって後輩であり、絢奈や伊織と同じくヒロインの一人だ。

「こんにちは真理ちゃん。頑張ってますね」

「はい！　いつも全力で取り組む！　それが私のモットーですから！」

進むことを止めたものの腿《もも》上げをするように足を動かし続ける真理はまさに元気の固まりのような女の子で、彼女と初めて話した時にも思ったがその底抜けの明るさはこちらまで自然と笑みが零《こぼ》れるほど。

「あれ、修先輩は居ないんですか？」

「あいつは生徒会長の手伝いをしてるよ」

「……むむっ」

俺の言葉にあからさまに真理は不服そうな顔をしたが、そんな顔も真理が元々可愛《かわい》らしい顔をしているので似合うというか、どんな表現も飛ばして可愛いという感想が先に出てくる。

「こら内田！　まだ部活の途中だぞ！」

「あ、は〜い！　それじゃあお二人とも、また機会があればお話ししましょ！」

「おう」

「ふふっ、その時を楽しみにしていますね」

真理を見送った後、俺たちは繁華街へと向かった。

さっきも言ったが明確な目的はないため、絢奈と適当に辺りを歩くだけの時間を過ごすことになる。

（……だがそれもやっぱり悪くないんだよな）

ただ絢奈と一緒に居るだけなのに心が躍って仕方ない。

彼女のために何が出来るか……そこまで真剣なことではなく、今この時に彼女に何をしてあげたらもっと喜んでくれるのか、そればかりを考えてしまう。

「お、兄ちゃんに嬢ちゃんデートかい？　たこ焼きはどうだい？」

二人で歩いているとたこ焼きを焼いている兄ちゃんに声を掛けられた。

たこ焼き……か。

確かに小腹が空《す》いているので悪くはないなと思い、絢奈に目を向けると是非買いましょうと言って頷いた。

「それじゃあ八個入りでお願いします」

「オッケーだ。マヨネーズは？」

「思いっきり」

「あいよ！」

たこ焼きにマヨネーズは欠かせねえよなぁ！

ということで、俺たちは熱々のたこ焼きを兄ちゃんから受け取り近くのベンチに腰を下ろした。

お互いにふうふうと息を吹きかけながら、火傷《やけど》しないように気を付けて口に運び、やっぱり熱くて食べるのに一苦労するのもお約束だ。

「あ、あふいでふね！」

「あふい……あふい！」

お互いに熱い熱いと言いつつ、頑張って口の中で転がしながら食べていく。

熱くて簡単に食べられないとはいえ、その味はやはり格別だった。

程なくして八つのたこ焼きを食べ終え、俺たちは冷たい飲み物を片手にのんびりとした時間を過ごす。

「斗和君」

「なんだ？」

「さっきのこと、ありがとうございました」

「さっきの……あ～先輩のことか」

「はい」

どうやら今のお礼はあの先輩のことについてらしい。

別に何か暴力沙汰に発展したわけでもなく、あの人はすぐに引き下がって大変なことは何一つなかったので、本当にお礼を言われるようなことじゃない。

俺は自然と絢奈の頬に手を伸ばして触れながら言葉を続けた。

「お礼を言われるようなことじゃないよ。絢奈が鬱陶しがっていたのは分かってたし何より、俺の目の前でそんなこと許せるかよってなったのもあるから」

「……そうですか♪」

嬉しそうに頬を緩めた絢奈は頬に触れている俺の手を自身の手で包み込み、そのまま感触を楽しむように放してくれなくなってしまった。

「しばらくこのままで良いですか？」

「あぁ」

そういうお姫様のお願いなら聞かないわけにはいかないな。

しかし……やっぱり絢奈は不思議な子というか、恐ろしいほどの魅力……それこそ魔性のレベルといえる何かを孕《はら》んでいる。

決してどうでも良くはないのに、彼女に全て身を任せて何も考えず楽になれば良いだなんて考えてしまうのだから。

（それはきっと楽な道なんだろうな……ただただ何も考えずに雪代斗和として過ごしていく……それはきっと甘美な日常への入り口だ）

疲れる道よりも楽な道があればそっちを選びたい、人間として当然だ。

けれど、それではダメなんだと俺の何かが叫ぶ――だから俺は、そんな受動的で流されるだけの存在になってはならないんだ。

「絢奈、今度は俺から良いか？」

「え？」

そっと彼女の頰から手を離し、肩に手を置いてそのまま抱き寄せた。

絢奈を抱きしめていると不思議なことに、彼女を愛《いと》おしく思う気持ちが強く胸に宿るのだ。

それはいつもと何も変わりはしない……確かにそうだ。

でもこの胸に宿る決意は生半可なものではない。流されてしまえば良い、そんなことはダメだと二つの感情がせめぎ合う感覚はつい笑いそうになるが、強い決意を抱くことだけは確かだった。

「よし！　ありがとう絢奈」

「えっと……斗和君？」

「ははっ、目を丸くする絢奈も可愛いな」

「ありがとうございます……？」

目を丸くするだけでなく、パチパチとさせる絢奈はとても可愛かった。

それから一時間ほど雑貨屋巡りなどをして時間を潰し、五時を過ぎた辺りでようやく帰ろうかとなり……。

しかし、そこで俺はある二人を目撃することになる。

「あ……」

「どうしました――」

一体誰を目撃したのか……後ろ姿ではあるがその二人が誰かはすぐに分かった。

『あのね、君は要らないのよ』

『絢奈お姉ちゃん災難だったね』

まるで古傷を刺激するかのように、脳裏にそんな声が蘇《よみがえ》る。

こちらに背を向けている二人――修の母である佐々木初音《はつね》、そして修の妹である佐々木琴音《ことね》だ。

俺が斗和になってから琴音とは一度会っているが、初音さんとは一度も会っておらず会話もしていない……夢を通じて病室での会話は思い出したが、やはり彼女たちに関しては嫌な記憶しかない。

「斗和君。こちらに」

そっと、優しく絢奈が俺の手を引いた。

一瞬……本当に一瞬だけ絢奈が険しい表情をしていた気がするけど、流石《さすが》に見間違いかと俺は首を傾《かし》げた瞬間――周りから音が消えたように静かになった。

「なんだ……？」

まるで、俺だけが世界から隔離されたかのような感覚に陥った。

絢奈に手を引かれているのは変わらず、全てがスローモーションになったかのようなこれは一体……？

「絢奈――」

君は今、どんな感覚なんだと問いかけた刹那に傍《そば》を誰かが横切った。

この不可思議な現象の中だからこそ、その存在に視線が勝手に向かう――フード付きの黒いコートという異様な姿、表情が見えず誰かも分からないその存在に俺は視線を引き付けられてしまう。

「……え？」

その存在を追いかけて振り向いた時、それは姿を消していた。

最初から存在しなかったと言わんばかりの光景に啞然《あぜん》とする俺だったが、そんな振り向いた視線の先に居たのはまだ背中を向けている琴音と初音さん。

追い詰めて……追い詰めて……。

苦しませて……苦しませて……。

耳元で誰かが囁《ささや》く……女の子の声だ。

しかもそれは今日、授業の時にふと黒板に浮かび上がったあの文章をあたかも朗読しているような声が鼓膜を震わせる。

「っ……！」

つい額に手を当てて足を止めると、まるでフラッシュバックするかのようにある光景が蘇る。

ゲームで琴音と初音さんがそれぞれ男に犯され堕《お》ちていく様、あんなにも愛していた修を邪魔者のように語る二人の堕落した姿を描いたスチル……そして。

「斗和君！」

「っ⁉」

耳元で名前を呼ばれてハッと我に返った。

そこまで距離を歩いていないと思っていたが、どうもそれは俺の錯覚だったらしく琴音と初音さんからはかなり離れており、どれだけボーッとしていたんだと息を吐《つ》く。

「大丈夫ですか？　心ここにあらずみたいでしたけど」

「大丈夫……うん。大丈夫だ。ごめん絢奈」

「…………」

ったく、絢奈に心配を掛けたら世話ないだろうが！

何も心配は要らないから大丈夫だと、暗にそう伝えるように今度は俺が絢奈の手を引いて歩き出す。

そうして向かった先は俺と絢奈にとって思い出深いあの公園だ。

夕方の遅い時間なので普段ならここで遊んでいる子供たちの喧騒《けんそう》はなく、人影も俺たちを除いて誰も居ない。

「…………」

ここに来てからずっと……いや、彼女の手を引いた時からずっとこうだ。

俺の傍では常に笑顔を浮かべてくれているような彼女も、今はただ下を向いて沈黙を続けている。

原因はきっと琴音と初音さんを見た時の俺の反応だろうか……俺は絢奈のことを抱きしめ、背中をポンポンと叩《たた》く。

「大丈夫だ。驚いただけで特には――」

「嘘《うそ》ですよ」

「っ……」

嘘だと、強い口調でそう言われ俺は言葉を止めた。

抱きしめている状態なので、絢奈が顔を上げれば必然的に至近距離で見つめ合う形になり、暗く濁ったその瞳が俺を捉える。

「……絢奈？」

「はい。あなただけの絢奈ですよ?」

声音はとても優しいのに、その瞳が恐ろしくてつい視線を逸《そ》らしそうになる。

絢奈は俺の背中に腕を回し、強い力で抱きしめ返しながらこう続けた。

「大丈夫ですよ斗和君。必ず、必ず私が全部終わらせますから」

「何を……」

「大丈夫です。斗和君は大丈夫ですから」

大丈夫。それは心の内側に侵食してくるような甘美な響きだった。

彼女の纏《まと》う雰囲気はいつもと違って怖いものなのに、俺はそれでもなお彼女の抱擁を受け入れ、同時に彼女のことを抱きしめ続けている。

「絢奈は……あの二人のことをどう思ってるんだ?」

俺のその言葉に彼女はニコッと微笑《ほほえ》んで答えてくれた。

「嫌いですよ。ずっと前から、それこそ心の底からです」

▽▼

「……ふぅ」

夕飯を済ませ、俺は自室で小さく息を吐く。

あの後、絢奈を家の近くまで送っていった。

元々絢奈と放課後デートの名目で繁華街まで足を運んだというのに、あの二人を目撃したことで少しばかり後味の悪い終わり方になってしまった。

まあ別れる頃には絢奈もいつもの雰囲気に戻っていたので、安心したといえばその通りだけど……あんな彼女を見たのは初めてだ。

「……あれは何だったんだ？」

絢奈のことはもちろん気になるとして、俺がそれ以上に気になったのは琴音と初音さんを見た時に起きた不可思議な現象だった。

俺だけ周りから隔絶されたような感覚の中で、黒いフードを被《かぶ》った女性を見たことが頭から離れない。

そして振り向いた先、あの時は絢奈に声を掛けられて思考を中断されてしまったが俺は確かに見た――あの二人が堕ちた場面、共通してその場に立つ同じ姿をしたあの女性を。

「気になることは全部書き出せ。何かヒントがあるかもしれない」

この世界の情報を整理するため、主人公の修やヒロインである絢奈たちのことを纏めたノートを再び机の引き出しから取り出した。

「…………」

放課後の出来事だけでなく、学校で起きたことも全部ノートに書き出していく。

そのページに並んでいる文字を眺めると完全に怪文書のようなものに見えてしまったことにクスッと吹き出す。

「あの言葉……何だったんだろうな」

俺は思い出すように、馴染《なじ》み深く耳に残るあの言葉を復唱する。

「追い詰めて……追い詰めて……苦しませて……苦しませて……」

追い詰めると苦しませる、この二つの言葉から連想するのは悪い意味しかない。

俺はただジッと、その言葉を口ずさみ……何度も何度も口にした——そして、不思議なことが起こった。

「……あれ？」

この言葉の先が続くようにペンを持つ手が動く。

これは何だと困惑する俺を他所《よそ》にペン先が文字を紡いでいった。

追い詰めて……追い詰めて……。

苦しませて……苦しませて……。

そして最後に最も大切なモノを奪うんです……そうすれば、もう絶望しかないでしょう？


無意識に動く手が紡ぎ出した言葉がこれだった。

どういう意味を持った言葉なのかは分からないし、どうしてこの言葉を文字として書けたのかも分からない。

しかし、やっぱりこの言葉にどこか俺は聞き覚えがあるような気がする。

しばらく椅子に座り、ジッと自分で書いたその言葉を眺め続けたが……聞き覚えがあるだけでやっぱり何も思い出せない。

「……くそっ」

もどかしい、あまりにももどかしすぎる。

それでも何とか思い出せないかとジッと動かずに記憶を辿《たど》っていたが、十分以上経《た》ったくらいで我慢の限界がやってきた。

「だああああああっ!!」

もうダメだ！　何も思い出せない。や～めた！

俺は半ば投げ出すようにしてノートを閉じ、冷たい物でも飲んで頭を冷やそうとリビングへ向かった。

「あら、どうしたの？」

もう部屋に行ったのかと思ったけれど、母さんはのんびりとテレビを見ていた。

突然現れた俺を見て目を丸くする母さんだったが、手をポンと叩いてそのまま冷蔵庫に向かい、麦茶をコップに注いで手渡してくる。

「はい。これが欲しいんでしょ？」

「あ、あぁ……よく分かったね？」

「息子のことだもの。それくらいは当然だわ」

それは当然のことなのか……？

まあでも用意してもらったことに変わりはないので、俺はお礼を言ってから一気に飲み干した。

「良い飲みっぷりね」

「まあね」

「貸しなさい」

「良いよそれくらい。自分でやるから」

流石《さすが》にそこまで手を煩わせたくはなかったので、先手を打つように自分でコップを洗う。

その間、ずっと母さんはニコニコと俺を見つめていた。

何か理由があるならともかく、こんな風に見つめられると気になってしまって手が止まった。

「なんだよ」

「ふふっ、ごめんなさいね。いつ見ても私の息子はかっこいいなって思ったのよ」

それは……まあ斗和だからかっこいいに決まっていると内心で苦笑する。

斗和になって既に数日経っているが、今でも鏡で自分を見る度にいつもイケメンだって思うくらいだし。

とはいえ、かっこいいと言われたことは嬉《うれ》しかった。

「ま、母さんの息子だから当然だろ？　美人な母さんの血を継いでるんだから」

「……斗和ああああああああっ!!」

「ぐふっ!?」

瞬間、びゅんと風を切るような速さで母さんが抱き着いてきた。

全身に襲い掛かる衝撃を何とか耐え、手に持っていたコップが落ちなくて良かったとホッと息を吐く。

「もう本当にあなたは性格までイケメンなんだから！　いつもいつも私を嬉しくさせる言

葉を言ってくれちゃってもう！」

「ちょ、ちょっと苦しい……ってキスをするな！」

「良いじゃないのよぉ！」

良くねえよ、パシッと軽くチョップをして何とか母さんから離れる。

明らかに不満ですと言わんばかりに頬を膨らませる母さんに、歳《とし》を考えてくれと言いそうになったものの、女性に歳の話は禁句と聞くので踏《ふ》み止《とど》まった。

「じゃあ俺は戻るから」

「分かったわ――斗和」

「うん？」

リビングを出る直前、母さんに呼ばれて俺は足を止める。

「何かあったら頼ってちょうだいね？　絢奈ちゃんにも言えないこととか、なんだって相談に乗ってあげるから」

「……うん。ありがとう」

たぶん、夕飯の時とか俺が考え事をしていたことは筒抜けだったんだろう。

母さんは斗和を……俺のことを心から愛し、そして心配もしてくれて……何より力になってくれる人だ。

本当に周りの人に恵まれているなと、俺は自分の境遇に感謝をした。

なあ斗和、お前だってきっとそう思っていただろ？

▽▼

「あら？　何か斗和君のもとで良いことが合ったような気がしますね」

ベッドで横になりながら私——音無絢奈はそう呟《つぶや》いた。

別に超能力者を気取るわけではないけれど、何となく斗和君のことが分かるのは不思議な感覚だった。

もちろん何も起きてないかもしれないけれど、長年彼のことを見続けた私の勘は斗和君の嬉しいという感情をキャッチした。

「……流石にちょっと気持ち悪いですね」

いくら彼のことが好きとはいえ、流石にこれは気持ち悪いと反省する。

私が今手に持っているのは一枚の写真——私と斗和君が笑顔で写っている写真だ。

「……斗和君♪」

チュッと、写真の斗和君にキスをした。

やっぱりいつだってそうだ——彼のことを思うだけでこんなにも胸が躍り、こんなにも私は幸せな気持ちになれる……だからこそ、少しでも彼に対する悪意を感じ取ると私の頭は怒りで沸騰しそうになるほど。

「ちっ……」

それ故に、放課後のことを思い出してつい舌打ちをしてしまう。

斗和君とのデートは甘美な時間で、まるで昼休みに体験したあの時間が戻ってきたかのような愛《いと》おしい時間だった。

楽しかった、愛おしかった、幸せだった……そんな私と斗和君の世界に、あいつらは土足で足を踏み入れた。

「許せない……許せない許せない許せない許せない許せない許せない許せない!!」

あの人たちは私たちに……斗和君に気付いてはいなかった。

それでも斗和君があの人たちを見て表情を歪《ゆが》めたのを見て思った——やっぱり、あの人たちは掃除しなくちゃいけない。

『遅かったのね。修君と遊んでいたの？』

帰ってきた時に母からそう声を掛けられたけれど、何でもかんでも修君と結びつける母にも嫌気が差す。

過去から今まで母は斗和君に直接酷《ひど》い言葉を言ってはいない。

それでも斗和君を疎《うと》み、私に斗和君への酷い言葉を伝えた時点であの人も同罪だ。

「……少し、外の空気でも吸いましょうか」

ベッドから起き上がってベランダに出た。

少しだけ曇ってしまった私の心境とは裏腹に、顔を上げれば美しい星空が私を見下ろしている。

きっと、これから私がしようとしていることは……ううん、既に始めていることは決して綺麗なことではない。こんなにも美しい星空とは正反対に私の心は薄汚く染まっている。

「斗和君……私はあなたに――」

相応《ふさわ》しいの……？

そこまで考えて私はハッとしたように我に返り、もう歩みを止めることは出来ないだろうと両頬を軽く叩《たた》いた。

「大丈夫です。私なら上手《うま》くやれる……絶対に」

斗和君を苦しめたあいつらに絶望を与える……残酷な形で必ず。

以前にも思ったことだけど斗和君は優しいから絶対に言えない――だからこそ、あの人たちには気付かないうちにフェードアウトしてもらうのだ。

変わるのはあの人たちだけ……私だけは何も変わらない。

私だけはどこまでも斗和君の傍《そば》に居るのだから……居られるのだから。

「不思議ですよね。どうしてこうも、全てが上手く行くと思えるのでしょうか」

今は種を蒔《ま》く時、そしてその絶望という名の芽が出るのはもう少し先だ。

大よそ普通の人は絶対に考えないであろう最悪の結果にするための一手、成功するかもまだ分からないのに何故《なぜ》か必ず成功するのだと私は考えている。

これはずっとそう、こうしようと思い付いた時から私はそれが出来ると絶対の自信を持っている。

「追い詰めて……追い詰めて……苦しませて……苦しませて……」

追い詰めてやる。苦しめてやる……その上で耐えがたい絶望を叩きつけてやる。

そうして再び頭が熱くなってしまったことに反省していると、そんな私のもとに愛する彼からのメッセージが届いた。

「斗和君！」

さっきまでの音無絢奈はどこに行ったのか、そう思われてもおかしくないほどに私の思考回路は切り替わった。

「なんですか～？　私に何の用ですか～？　うふふ～♪」

少しだけ……少しだけ私も思っていることがあって、それは斗和君のことになると流石に気持ち悪すぎはしないかということだ。

もちろん外や誰かが傍に居る時は表情を取り繕うのだけれど、こうして一人だと私はどこまでも気持ち悪くなれる自信がある。

『布団がふっとんだ』

「……⁇」

斗和君から送られてきたメッセージに私は目を丸くした。

「布団が……ふっとんだ？」

声に出してその意味を考えてみる。

これは所謂《いわゆる》使い古された昔のダジャレというものだけど、きっと斗和君が送ってきたのだから何か意味があるのではと思考を巡らせる。

しかし悲しいことに、私の頭はこのダジャレに対する答えを出せなかった。

「い、いけません！　この意図に気付けないようでは斗和君の女失格です！」

でも……でもでもでもでも‼

全然分かりません！　斗和君はどうしていきなりこんなメッセージを送ってきたのかが全く分からないんですよおおおおおおおお‼

「あ、あぁえっと……アルミ缶の上にあるみかん……」

って、私まで寒いダジャレを返す必要はないんですよね絶対……あれ？　もしかしてこれはそれを狙っているという意図が？

むむむっと、私が返事に困っていると斗和君から続きが送られてきた。

『ごめん。いきなり変なメッセージを送ってごめん』

「あ、謝らないでえええええ!!」

目の前に斗和君が居ないのに私はブンブンと凄《すご》い勢いで頭を振る。

『いきなり悪かった。俺も今から寝ようかなって思ってた時にさ……何となく絢奈が気落ちしてるかもって思ったんだよ。それでクソ寒ダジャレを送ったんだけど、ごめん俺のセンスが壊滅的だったわ』

こんなメッセージを送ってきた理由を知り、私はまたすぐに斗和君にキュンとすることになった。

「……ふふっ」

確かに咄嗟《とっさ》に送ったダジャレとしてはちょっと判断に困った。

けれど私のことを心配してくれた……その意図があったことと、私も斗和君のことを考えていたのもあって嬉《うれ》しかった。

私たちはやっぱり繋《つな》がっている……そう心から思えるから。

「もしかしたらあのことも斗和君に気にさせてしまったかもしれませんね」

私は今日、初めて斗和君に対して明確に修君の家族が嫌いだと口にした。

斗和君は優しいから修君の家族と親しい私が嫌悪感を抱いていることを知ったらきっと心配すると思ったから言っていなかった。

まあ今までのことを考えればすぐに分かるだろうけど、それでも進んで伝えるようなことではなかったから――でも、今日はもう良いかなって思ったのだ。

結局その話はそこで終わったが、斗和君はもう聞いてくることはないだろう。

だからもう、後は私が動いてあの人たちを滅茶苦茶《めちゃくちゃ》にしてしまえばそれで終わる。

「斗和君。もう少しです……もう少しで終わりますから」

あなたを苦しめる人はどこにも居なくなりますからね。

そうすれば斗和君と私が望む世界がそこに……あぁ♪　そうなるとずっと斗和君とイチャイチャ出来る日々が始まる。

それこそ、いつだってどこだって……むふふっ♪

2章

『嫌いですよ。ずっと前から、それこそ心の底からです』

その言葉が頭の中で繰り返し再生される。

絢奈《あやな》は笑顔でそう言ったが、その言葉はあまりにも笑顔に程遠い負の感情を表したものだった。

元々、この世界は修《しゅう》を中心にしてヒロインたちが離れていくものだ。

物語が始まるまで大よそ一年ほどの猶予があるため、現段階だと物語を連想させるような出来事は一切起きていない。

しかし、斗和《とわ》として生きているからこそ……彼の記憶を垣間見《かいまみ》たからこそある一人に関する前提条件が既に崩れている。

（……絢奈）

そう、メインヒロインである絢奈のことだ。

いうまでもないが俺の中で彼女の存在はとても大きくなっており、ゲームをプレイしていた時から彼女が好きだったこともあって、本当に今の俺は斗和としても本来の自分としても絢奈のことを愛している。

既に関係を持ったことで……まあ、これに関しては元から持っていたようなものだけど、好きな人と愛し合うというのはそれだけで特別な意味を持つ。

（そうだよな……この時点で全部崩れてる）

俺と絢奈が関係を持っており、絢奈が修に対して特別な感情……つまりは恋をしていない時点で既に俺の知っているルートからは外れている。

修と絢奈の関係性が一歩前に進むと物語の幕が上がるわけだが、そこから全ての歯車が狂いだしてあの場面――斗和と絢奈が関係を持っているところを修は目撃し、絶望するという形でエンディングを迎える。

（一旦、俺という存在を切り離そう。まず、斗和は元々絢奈と関係を持っていた。その時点で絢奈が修の告白を受け入れるのは考えられない……だって絢奈は斗和のことをこんなにも愛しているからだ）

この時点でやはり、原作のようなルートを進むとは考えられない。

仮に寝取られモノのゲームによく見られるキャラ付けとして、登場キャラクターを限りなくクズとして描くものはあるけれど、こうして傍で見てきた彼女がそんな行動を取るとはどうしても思えない。

惚《ほ》れた弱みではあるが、彼女はどこまでも優しい女の子だからだ。

母さんも言っていたが絢奈が何かを抱えていることは確かなようだけれど、そんな邪悪なモノとはどうしても思えない。

（……いっそのこと、少し踏み込んでみるか）

俺がそう考えたのと同時に、ちょうど学校に着いた。

いつもなら修と絢奈が一緒なのだが、今日は珍しく少し遅く起きてしまったので二人には先に学校に行ってもらった。

実は昨日寝る前にもさっきと同じことを考えていたせいで、寝たのはたぶん深夜の二時を過ぎていたと思う。

絢奈からは何かあったのかと心配のメッセージが届いていたけれど、普通に寝坊したと返事をしたら可愛《かわい》らしくも呆《あき》れたようなスタンプが返ってきて、朝の癒《い》やしとしては十分だった。

「うん？」

下駄箱《げたばこ》で靴を履き替えていると、ちょうど玄関前に設置されている校内掲示板の場所でプリントを貼り替えている伊織《いおり》と真理《まり》を見つけた。

生徒会長の伊織はともかく、生徒会に関わりのない真理が伊織と一緒に仕事をしているのは不思議な光景だったのでジッと見つめてしまったが、あの二人は知り合いだし別におかしなことでもないのかと一人納得する。

そうして眺めているとちょうど二人がこちらに振り向いた。

ぱあっと溢《あふ》れんばかりの笑顔を浮かべて手を振ってくれる真理と、そんな真理を見て苦笑し控えめながらも手を振ってくれた伊織だ。

「……これで軽く手を振り返すだけで行っちまうと何か言われたりするか？」

なんてことを考えてしまったので、俺は二人のもとに向かった。

「おはよう雪代《ゆきしろ》君」

「おはようございます雪代先輩！」

伊織の声は静かだったが真理の声は結構大きい。

そこそこに響き渡ったものの朝の廊下は基本的に騒がしいので、彼女の声もその一部となって気にされなかった。

「会長はともかく、真理は何をしてるんだ？」

「あ、それはですねぇ……」

俺の問いかけに真理が教えてくれた。

元々伊織が一人でプリントの貼り替えを行っていたが、ちょうど登校してきた真理がそれを見つけて手伝うことにしたらしい。

「別に必要ないって言ったのよ私は」

「良いじゃないですか。そもそも、本条《ほんじょう》先輩は何でもかんでも一人でやりすぎなんですよ」

「一人で出来るからよ」

おっと……何やら空気が怪しくなってきたぞ？

「それなら修先輩に手伝わせる必要はなくないですか？」

「あら、別にそれは良いでしょう？　そもそも内田《うちだ》さんにとやかく言われる筋合いなんてないと思うのだけど？」

「……ぐぬぬっ！」

「ふふっ♪」

修を巡って女たちの戦いが開始ってやつだなこれは。

まあでも、こうして眺めていると原作の物語を考えなかったらとても不思議というか微笑《ほほえ》ましい光景だ。

部活が忙しくてあまり時間が取れない真理、反対に部活動に所属していないからこそ修

との時間を最大限に作ることが出来る伊織……俺の記憶では二人は迫る魔の手に抗《あらが》えず堕《お》ちていく描写しかなかったので、どの立場でと言われるかもしれないけど見ていて本当に気分が良い。

（これじゃあ完全にただのゲームファンじゃないか俺って）

内心で苦笑していると、事態は進んでいた。

「それなら私も手伝いますよ。今日は部活が休みなので！」

「あらそう？　それならお願いしようかしら」

どんなに言い合いをしても最終的にはこんな風に意見が合致して纏《まと》まる辺り、お互いに恋敵ではあるが相性自体は良いんだろう。

見た目の関係上、年上の伊織に年下の真理が丸め込まれているように見えなくもないがそれもまた悪くない関係性だ。

「ねえ雪代君」

「なんです？」

真理との話を中断し、伊織の視線が俺に向いた。

「私、修君も含めてあなたと音無《おとなし》さんが傍《そば》に居る瞬間を見てみたいのよ。もし良かったら放課後に色々と手伝ってくれない？」

「手伝い……っすか」

それはつまり、修にも頼んでいる手伝いという認識で良いのか？

他の生徒会メンバーはどうしたんだと気になるけど、少数精鋭みたいだし他の仕事をしているから手が足りないのかな？

「別に人の手が足りないわけじゃないのよ。修君を誘っているのは単に一緒の時間を作りたいからで、雪代君たちを誘ったのは興味があったから」

「なるほど……」

どうやら人手などの問題ではなく、伊織が個人的にただ興味があっただけらしい。

伊織の欲望に忠実な言葉に真理は少しばかり圧倒されている様子だが、必ず今日は自分も手伝うのだと意気込んでいる。

俺としては別に手伝いくらいならと思うが、絢奈の名前が出ている以上は勝手に了承するわけにもいかない。

「絢奈にも聞いてみますよ。何か用事があったら無理ですが」

「ありがとう。楽しみにしてるわね」

楽しみにしてるってそれはもう行くこと確定なのでは……？

「でもそうなると久しぶりにゆっくり絢奈先輩ともお話し出来そうですね♪」

嬉《うれ》しそうに微笑んだ真理の反応を見てしまうと、必ず絢奈を誘いたいなと考えてしまう。

その場での確約は一旦保留として、俺は二人と別れて教室に向かった。

「斗和君」

「斗和」

教室に入ってすぐ、入り口の近くで話をしていた絢奈と修に声を掛けられた。

絢奈とは連絡を取っていたので修にも寝過ごしたことは伝わっているはず。それなのに直接やり取りをした絢奈は静かに俺の全身を確かめており、本当に何もなかったのかと確認しているようだった。

「珍しいね。斗和が寝過ごすなんて」

「結構遅くまで起きてたからさ。やっぱ夜更かしはするもんじゃねえわ」

そう言いながら席に向かうと、二人は当たり前のように引っ付いてきた。

ひよこかよと内心で苦笑しつつ、さっきのやり取りを二人に話す。

「さっき、玄関で会長と真理に会ったんだが――」

伊織から放課後に手伝いを頼まれたこと、真理が絢奈と話したがっていることなんかも伝えると、修は特に断りはしなかったし絢奈も乗り気の様子だった。

「私は構いませんよ。修君がどこまで本条先輩や真理ちゃんと仲良くなったのか間近で確かめたいですし♪」

「な、なんでそうなるんだよ……」

「……ははっ」

絢奈と修のやり取り……何でもない幼馴染《おさななじみ》の一幕だ。

それは見ているだけでゲームでの幸せそうな二人を思い出させてくれるし、ゲームのように悲劇が起こるとは思えないほどに和やかだ。

ただその中でも俺が絢奈と関係を持っていることは確かな真実であり、その点に関してだけは俺は修を裏切っていることになる。

『絢奈とのこと、応援してほしいんだ』

かつて、病室で彼に言われた言葉が脳裏に蘇《よみがえ》る。

お前なんかに渡すかよと、絢奈は俺だけの女の子なんだと、そんな感情が入り混じってどす黒く変化し、けれども絢奈と結んだ関係性が修に対する優越感を抱かせて気持ちを落ち着かせる……本当に困った感情だこれは。

「斗和君？」

「っ……なんだ？」

どうやらまた少し考え事をしていたようだ。

気付けば修は居なくなっており、絢奈が心配そうに俺を見つめていた。

「修は？」

「トイレに行きました」

「そうか」

「……本当に何もありませんでしたか？」

「本当に何もなかったぞ」

そう伝えると、絢奈はピタッと手の平を俺の額に押し当てた。

一切の変化も見逃すまいと見つめ続ける絢奈に苦笑し、俺は本当に大丈夫だし何もなかったんだと彼女の手を握った。

「本当に大丈夫だって。起きた時に伝えた通りだ」

「だって……昨日、唐突にあんなダジャレを送ってきたんですよ？」

「……それは言わないでくれ」

あれはほんの出来心だったんだ。何となく、絢奈のことが気になって唐突ではあったけど送ってしまっただけなんだ。

もちろん布団がふっとんだは流石《さすが》にセンスの欠片《かけら》もないメッセージだったのはしっかり反省しているから許してほしい。

「ふふっ♪　なんか、普段の斗和君からは考えられないものだったので驚きましたけど、それでも私のことを心配してくれたのは嬉しかったですよ」

「……そっか」

「はい。私もちょうど斗和君のことを考えていましたから。夕方のこともありましたし」

「なんだかあれだな……俺たち、繋《つな》がってるみたいだな、まるで」

それは口にして少し恥ずかしくなる言葉だった。

お互いの距離は離れていても気持ちはどこか繋がっている……昨日の夜、そう感じたからこそ自然と漏れてしまった。

絢奈は目を丸くして呆然《ぼうぜん》としたかと思えば、口元に手を当ててクスッと笑う。

その柔らかな眼差《まなざ》しに見つめられた時、彼女の優しさに包まれているかのような錯覚に陥る。

それはまるで、以前にも感じた感覚――難しいことは何も考えるなと、そう言われているような気がした。

「同じですね。私たちは繋がっている……それ昨日私も思ったことです♪」

絢奈の笑顔を見たその瞬間に周りから音が消えた。

ロマンチックな言い方をするならば、俺は彼女の笑顔に何度目か分からない魅了をされてしまった。

見惚《みと》れた……そうだ。心から見惚れた。

今のこの世界には俺と絢奈しか存在しないとそう本気で思ったわけではないが、俺は彼女に向かって手を伸ばす。

絢奈は伸ばされた俺の手を見て更に笑みを深くし、小さく俺の名を呼んだ。

「斗和君」

『斗和君』

ただし、聞こえた声は二つだった。

思わず目を擦《こす》りたくなったのは仕方ない——だって俺の目の前に絢奈が二人居るように見えたからだ。

俺を笑顔で見つめてくれている絢奈の他に、今にも消えてしまいそうなほどに儚《はかな》い笑みを浮かべる絢奈……そちらの絢奈はすぐに消えてしまい、音が戻ってきた頃には目の前の絢奈は一人だけだ。

「どうしましたか？」

「……いや」

まただ……まるであの黒いフード付きのコートを着た女を見た感覚だ。

あの時もそうだったけどこうやって不可思議な現象を経験する度に、絢奈がおかしく思うくらいには表情も変化しているんだろう。

(明らかに普通じゃないのは分かってる。分かってるんだよ……でも、こんな風に唐突に変な光景を見ちまうと顔に出るっての)

その度に絢奈に心配をさせてしまうのは申し訳ないが、かといってどう言葉で説明すれば良いかも分からない。

むしろ……いや、絢奈なら真剣に聞いてくれて尚且《なおか》つ信じてくれるだろう。

それならいっそのこと、話してしまうのも手……か？

「騒がしいぞ～。着席しろ～」

「あ……斗和君また後で」

担任の先生が来たので絢奈も席に戻っていった。

少し遅れて修も戻ってきたがまだチャイムが鳴ったわけではないので何も言われることはなく、程なくして朝礼が始まった。

「週末には全体朝礼があるからそのつもりで。後は――」

先生の話を聞きながら、俺はあのノートに目を通していた。

この世界に関する設定だけでなく、自分の身の回りで起きた不可思議な現象を全て記録したあのノートを。

「……よし、これで」

俺が新たに記録したのは先ほど見たものだ。

笑顔の絢奈と儚い笑みの絢奈……見間違いかもしれないし、何なら今までのことと合わせて考えたくはないが俺自身がおかしくなっている可能性も無きにしも非《あら》ず。

それから昼休みまではあっという間だった。

休み時間に絢奈が心配して近づいてくる度に大丈夫だと言い、最後には絢奈もそれならと納得してどうにか安心させることは出来た。

「それにしても、斗和と絢奈が手伝ってくれることになるなんてね」

「ごめんなさい。本条先輩との時間を邪魔してしまうことになりそうです」

「いやだからそんなことは……僕は――」

「あ、ご飯が付いてますよ～？」

絢奈が修の口元に付いたご飯粒を取った。

修は分かりやすく顔を赤くしてボーッと絢奈を見つめているが、絢奈はクスッと微笑《ほほえ》むだけでそれ以上のことはしない。

このシーンだけ切り取れば俺の知るゲームそのものの姿が演出されている。

　そのやり取りに心からの笑顔を浮かべている修と、そんな彼が顔を赤く染めてしまう気持ちが分かる微笑みの絢奈なのだが……やっぱりどこか、演技染みたものを俺は感じ取った。

　まるで自分の姿を良く見せることで、相手を夢中にさせるかのような……流石に考えすぎか。

「斗和君？　ジッと見つめてどうかしましたか？」

「え？　あぁいや、すまんちょっと考え事――」

「ふふっ、もしかして……私に見惚れましたか？」

　彼女は微笑みながらそう言った。

　ニコッと微笑むその表情は修に向けていたものと何も変わらないのだが、俺は修のように照れたりすることはなく、ありのまま思ったことを口にした。

「見惚れるというか、俺はもう絢奈の魅力に夢中だよ」

「あ……」

　ちょっとキザ……うわぁ背中が痒《かゆ》い！

　自分で口にして後悔したが効果はそれなりにあったみたいで、絢奈は一瞬目を丸くしたがすぐに頬を赤くして下を向いた。

そんな彼女の様子は大変可愛《かわい》らしかったのだが、修にとってはあまり面白くなかったらしい。

「僕も同じこと思ってたよ絢奈！　絢奈はいつだって可愛い！」

「あ、はい。ありがとうございます」

修の勇気を込めた渾身《こんしん》の言葉も、絢奈にはやはり響いてはなさそうだった。

俺が今感じたこと——ゲームに忠実な修の姿と、そんな修とは正反対にどこか冷めているような絢奈の姿……以前にも修に対してそんな無機質な目を向けていたかと疑問に思ったことはあるけれど、改めてこれもノートに後で記しておこう。

その後、昼食が済んだ後も俺たちは三人で過ごしていた。

ただ絢奈の友人が近くを通りかかり、彼女の腕を引っ張るようにして連れていってしまったため、俺は修と二人っきりになり会話がなくなる。

「……ねえ斗和」

「なんだ？」

会話がないとは言っても空気が悪いわけではないので、どっちかの家に遊びに行っておお互いにゲームをするか漫画を読んで静かにしているのと大して変わらない。

修に視線を向けると、彼はジッと俺を見つながら言葉を続けた。

「斗和は……僕と絢奈のこと、応援してくれるんだよね？」

「………………」

俺は少し黙った。

修の言葉に対して色々と言いたいことはあるし、胸に抱いた優越感と怒りが混ざり合うように俺を刺激してくる。

ただ不思議なことにその熱はすぐに冷め、俺は前もって用意していたかのようにスラスラと口から言葉が出てきた。

「さてな。修がモタモタしてたら俺がもらっちまうかもしれねえぜ？」

「っ……ダメだよ絶対！」

ダメだよって、どんな立場で言ってんだよこいつは。

それからすぐにチャイムが鳴ったため、次の授業の準備のために修は自分の席に戻っていき、俺は俺で例のノートを取り出してメモをしていく。

そうしていく中で、俺は書いてあることを読みながら考えることがあった。

(結局、俺の意志はどこにあるんだろうな……)

自分で動き出せば良い、律すれば良いだけなのに俺はフラフラしてばかりだ。

この世界で意識が目覚めた当初は、ゲームの展開に導くことなく修と絢奈を結ばせるんだと強く考えていた。

けれど結局、すぐに感じた違和感と状況に流されるように俺は絢奈を求め……修に隠れて彼女との甘い蜜のような時間を楽しんでいる。

(絢奈と一緒に居たい、彼女を守りたい……そう思ったのは元々俺が斗和として持っていた記憶と、絢奈と過ごして感じたことだ。修には任せられない、任せたくないと感じたからこその想《おも》い)

いっそのこと、何も考えずにただゲームをプレイするだけのプレイヤーであったならどれだけ楽だっただろう。

ああはさせない、こうはさせない、そんな風に考えても結局行動するのは俺でどんな結末を導くのかも俺の問題であり、俺の動きによって絢奈も修もどうなるかは変わってくるはずだ。

彼女たちは意志を持っている――プログラムされたものではなく、そこに生きている人間なのだから。

「……はぁ」

ため息を吐《つ》くな、ため息は吐いた分だけ幸せが逃げるとは誰の言葉だったかな。

まあでも、よくよく考えたら俺が斗和として明確に目覚めてからまだ一週間程度しか経《た》

っていない――そう考えると、この一週間で明かされた事実と頭に詰め込まれた情報を整理して、こんな風に落ち着けているのは褒められても良いだろマジで。

もちろん全部の出来事に落ち着いているわけじゃないけど、やっぱり俺の魂そのものが斗和の体に馴染《なじ》んでいるというのが大きそうだ。

「……ふわぁ」

気を抜いたのがマズかったのかそれはもう盛大な欠伸《あくび》が漏れて出た。

今の時間は古典の授業で女性の先生が担当しており、バッチリ先生の目に間抜けにも大欠伸をした俺は捉えられた。

「雪代君？　そんなに退屈かしら」

「……いえ、ごめんなさい」

「次からは気を付けなさいよ？　あなたはいつも授業態度は良いから今回は大目に見てあげるわ。ただし、次はちゃんと怒るからそのつもりでね」

「うっす」

先生の言葉と、周りからのクスクス笑いに俺は頭を搔《か》いた。

チラッと周りを見渡すと席が離れている絢奈然《しか》り修然り、相坂《あいさか》なんかも笑っていて本当に恥ずかしい……穴があったら入りたいとはこのことだ。

▽▼

授業中に大欠伸をして先生に注意をされるハプニングはあったが、その後は特に何事もなく時間は過ぎていった。

心配していた妙な光景を見ることもなく、眠気を堪《こら》えるように授業時間を過ごし、生徒会の手伝いをする約束をした放課後になった。

「失礼します」

修を先頭にするように俺たち三人は生徒会室を訪れた。

俺はこうして生徒会室に来るのは二度目だけど、まさか全員でここに集まることになるとは思わなかった。

「いらっしゃい三人とも」

「修先輩！　絢奈先輩と雪代先輩もこんにちは！」

「はい。お二人ともこんにちは」

伊織と真理は既に椅子に座って作業をしており、ごく自然な動作で修も二人の傍《そば》に腰を下ろした。

「音無さんも雪代君も好きな場所に座ってちょうだい」

そう言われ、俺と絢奈は隣り合うように腰を下ろした。

修はもちろんのこと、真理も何度か手伝いをしたことがあるようだし、絢奈も修を伊織に紹介した時に手伝った経験があるようだ。

つまり、何も分からないのは俺だけだった。

「斗和君には私が教えますね。以前とあまり変わらないですよね？」

「ええ。雪代君、手伝いとは言っても軽い気持ちで大丈夫よ。今回は私がみんなと賑《にぎ》やかな時間を過ごしたくて呼んだようなものだから」

「了解っす」

それから俺は絢奈に仕事を教えてもらった。

ただ伊織が言ったように大して仕事と呼べるものではなく、主にプリントの整理と間違った箇所がないかをチェックする程度のものだ。

「これは……ふむ。大丈夫そうですね……こっちは——」

隣では絢奈がスムーズにプリントを片付けていく。

修や真理も慣れているせいか手元の動きは早く、当然ながらこの中で一番遅いのは俺だったわけだが、伊織に言われたように慌てることなく作業をしていった。

「それにしても、こうして五人も集まると賑やかなモノね」

「そうですね！　修先輩も居ますから本当に楽しいです！」

「ちょ、ちょっと真理⁉」

一旦作業の手を止めて、真理が修に飛びついた。

突然の激しいボディタッチに修は驚きはしたものの、何度かこういうことがあったんだろうと思われるくらいには落ち着いている。

「あらあら、仲が良いですねぇ」

「そうですよ！　私と修先輩は仲が良いんです！」

「あまり耳元で大きな声を出さないでよ真理」

「ごめんなさい！」

「だから……っ！」

少しうるさい……そう思ったけれど、気楽にプリントを処理していく中では良いＢＧＭだった。

そこに伊織も加わることで更に賑やかになったが、楽し気な雰囲気を感じて嫌な気持ちになることはなく、いつの間にか俺はじゃれ合う三人を手を止めて眺めていた。

（……なんつうか、良い光景だな）

慌てる修に対し、それなりにボディタッチをすることで距離を詰める伊織と真理の姿はどこか……そうだあれだ。

エロゲではなく、よくあるラブコメで見られる光景だった。

「引っ付きすぎですよ!?」

「あら、それをあなたが言うの？」

「だから二人とも！　僕を挟んで言い合うのはやめてって！」

やめてと言う割にはニヤニヤとした笑みを浮かべているあたり修も立派な男だ。

隣を見ると絢奈も三人の絡みにジッと視線を向けており、前髪のせいで目元は見えないが手を止めるくらいには見つめていた。

「いつもあんなに賑やかなのかな？」

「え？　あぁはい。でしょうね……私が思っていたよりも遥《はる》かに仲が良くなってて微笑《ほほえ》ましい限りです」

伊織も真理も、修に引き合わせたのは絢奈だと聞いた。

元々の修がそこまで明るい性格ではないのも知っているので、そんな彼がこんな風になれたのは間違いなく伊織や真理の存在が大きいはずだ。

絢奈がそれすらも考えていたのだとしたら、どこまでも幼馴染《おさななじみ》思いの優しい子だと俺もそうだが誰もが考えるだろう。

「ふふっ、本当に良かったです。本当にあそこまで仲が良くなって」

「…………」

彼女の微笑みがあまりにも綺麗《きれい》だからこそ見つめてしまう。

見惚《みと》れてしまうのは当然として、それ以外にもあるこの感覚……この違和感は本当に何なんだ？

「……絢奈」

「はい？」

君は今、本当の意味で笑えているのか？

そう問いかけようとしたところで真理が絢奈の背後から抱き着き、絢奈が小さな悲鳴を上げたことでその質問は有耶無耶《うやむや》になってしまう。

タイミングが悪いとは思いつつも、絢奈と二人になる時間はいつでも作れるので今は一旦諦めることに。

「絢奈先輩！　どうしたら私は絢奈先輩や本条先輩みたいにスタイルの良い女性になれるのでしょうか！」

「スタイルの良い女性……ですか？」

「はい！　やっぱり……男性を誘惑するにはおっぱいが大きかったりした方が圧倒的に有利ですよね？」

「真理ちゃん。取り敢《あ》えずどうしてそういうことが気になったのか教えてください」

突然に始まった女性同士の会話、俺は視線を逸《そ》らすように伊織を見た。

修の傍に居る彼女はニヤニヤと笑っており、自分のスタイルをダシに真理を揶揄《からか》ったことがすぐに分かった。

どうやらそれは絢奈も察したらしく、小さくため息を吐《つ》いていた。

「真理ちゃん、女性の魅力というのはスタイルだけではありません。大事なのは中身であると同時に相手を想《おも》う気持ちでしょう」

「相手を想う気持ち……ですか」

「その通りです。というよりも、本条先輩の言うことをあまりに鵜呑《うの》みにしない方が良いです。それが真理ちゃんのためですからね」

「ちょっと音無さん、流石《さすが》に少し言いすぎじゃない？」

ここで伊織も二人の話に参戦した。

完全に蚊帳《かや》の外になってしまった俺と修だがそれも仕方なく、今女子たちの間で行われている会話は男の身からしたらどうも会話に入りづらい内容ばかり。

俺はそっと距離を取るように、椅子を移動させてからプリントの整理を再開するのだった。

「斗和、そっちはどう？」

「順調だな。大分慣れてきた」

修の方もプリントの数は大分減っており、お互いにもう少しで終わりそうだ。

絢奈を含め、伊織と真理は三人で姦《かしま》しく騒いでおり君たちの仕事はどうしたんだと言いたくなるが……やっぱりこうして眺めているのも悪くない。

「……ははっ」

彼女たちを見ていると自然と笑みが零《こぼ》れた。

三人の美少女が仲良くしている姿が目の保養というのももちろんある……でもそれ以上に、二人に囲まれて楽しそうにしている絢奈の姿が俺は一番印象的だった。

「楽しそうだね」

「そうだな……さてと、三人の分まで頑張るとするか」

「了解」

それじゃあ残りを俺たちで出来る限り片付けるとしよう。

ただ……数分が過ぎたところで、俺と修は一体どちらが彼女たちにツッコミを入れるんだと目配せすることになる。

「ちょっと二人とも、くすぐったいですよ」

「良いじゃないですか少しくらい……おぉ、柔らかい」

「不思議な感覚ね。こうして他人の胸を触るのって」

なんて会話が繰り広げられる状況になっていた。

位置的には俺の背後でそのやり取りは行われており、俺の向かいに座っている修からすれば、少し視線を上げると三人のやり取りが見えるわけだ。

「っ……!! ……っ!?!?」

さっきからチラチラと見ては顔を赤くするを繰り返し、完全に挙動不審な様子で俺を笑わせてくるかのよう。

でも……そうだよなぁ、俺だって気になるぞこれ。

俺は目を閉じて背後に集中する。

くすぐったそうな絢奈の声、楽しそうな伊織と真理の声、服の上に手を這《は》わせるような音、身動《みじろ》ぎすることで発生する足音……かつて数多《あまた》のギャルゲと少数のエロゲをプレイした俺からすれば、手に取るように頭の中に絵が浮かぶ。

「斗和？　何か凄《すご》い顔になってるけど……」

「具体的には？」

「いつものイケメンがなくなっちゃうくらいには」

「おっと、そいつはマズいぜ」

俺はキリッとした表情を心掛けるようにパシッと両頬を叩《たた》く。

相変わらず振り向きたくなるような騒がしさが後ろから続くものの、それすらも癒《い》やしのＢＧＭにするかのように俺は仕事に没頭していった。

正直、こういうのは面倒なものだとずっと思っていた。

けれどこうして誰かの手伝いをするのも悪くはないし、何より絢奈が楽しそうにしていることが俺にとって幸せな時間なのだから。

（……あ、そうか。そうなんだよな）

そこでカチッとパズルがハマったような感覚があった。

この世界で絢奈に惹《ひ》かれ、彼女と共に居たいと願い、そうした場合俺に何が出来るかを考えた。

それでも結局、状況に流されていただけなのは確かだ。

けれどやはり、今の俺の根っこは絢奈に笑っていてほしいという願いで形作られている。

それだけは結局変わらないし、一度考えたことに戻ってきただけだ。

（でもそれで良いじゃないか。俺は絢奈を守る……そのためには――）

俺は振り返った。

流石にもう美少女たちが乳繰り合う……乳繰り合うはちょっと違うな。

思わず鼻の下が伸びてしまいそうな光景は既になく、三人ともただ会話をしているだけだがやっぱり絢奈は笑っていた。

絢奈だけでなく伊織や真理も、心からの笑顔を浮かべているようだった。

（この光景……守りたいよな――琴音《ことね》や初音《はつね》さんは正直難しいけど、絢奈だってこの二人が不幸になる未来を知ったらきっと悲しむはずだから）

もちろん何度も言っているがこの世界は俺にとって既に現実だ。

記憶の通りに進むとは限らないが、現実とはかけ離れたものを幻視することはあるし不可思議な声が聴こえることも確かにある……でも、その全てが何かしらの意味を持つと考えよう。

「っ……」

そこまで考えた時、また俺は少し頭を押さえた。

目の前の景色が切り替わるようにある二つのシーンが脳裏に蘇《よみがえ》る――伊織と真理が男の手によって染め上げられ堕《お》ちたシーン。

（また……お前か）

そしてその傍《そば》に立つ黒いフードを被《かぶ》った何者かの存在が脳裏を過《よぎ》る。

見えた景色はすぐに元の景色に戻り、俺は軽く頭を押さえていただけだったので他の誰かに心配を掛けるようなことはなかった。

これもメモは必要だなと頷《うなず》きつつ、逆に望むところだという心境だ。

数多く見せられる光景に何の意味があるのか、それはまだ分からないが何かが俺の記憶に働きかけているんじゃないかとも直感している。

「斗和君？」

「う～ん？」

「また難しい顔をしていませんか？」

「してないさ。逆にちょっと気分は良い方だよ」

「え？　そうなんですか？」

「おう」

そう、どちらかといえば気分は良い。

改めてどうしたいのか、それを心の中で再定義出来たからだきっと。

▼▽

「会長、俺がやりますよ」

「じゃあ、お願いして良いかしら」

突然ではあったけど、斗和までもが来てくれた伊織先輩の手伝いももうすぐ終わりに差し掛かっている。

僕──佐々木《ささき》修にとって、伊織先輩の手伝いはもはや日常のことという認識だけど斗和からすれば初めてで慣れないことが多かったらしい。

（でも凄いな斗和は……最後にはなんでも出来ちゃうんだから）

斗和が苦戦していたのは最初だけだった。

もちろん伊織先輩から斗和に割り当てられた仕事は簡単なものだったけれど、それは全部僕が伊織先輩と出会った最初の頃にやっていたものだ。

当時の僕は……本当にダメダメというか、数日は伊織先輩に色々と聞きながら覚えることに必死だった。

（それなのに……斗和はもう全部出来てるんだもんな）

僕が数日掛けて慣れた仕事も、斗和は少しの時間で出来ていた。

既に自分から仕事を探して動けるようにもなっていて、進んで資料の整理などもやっており今もそうだけど、伊織先輩の隣に並んで一緒に仕事をしていた。

「…………」

彼が手伝ってくれることは嬉《うれ》しかったし何より……絢奈が居てくれるだけで僕にとっては嬉しいことだ。

でも……でも！

それ以上に僕と斗和のスペックの違いが浮き彫りになっていくようで嫌だった。

どこまで行っても僕は彼に勝てないんだと、暗にそう言われているようで少しずつ気分が沈んでいった。

そして何より……絢奈までもが斗和を褒めるんだ。

「斗和君は本当に何でも出来るんですね。素敵です♪」

どうしてだよ……僕だって頑張ってるじゃないかと声を大にして言いたい。

ねえ絢奈、今君の傍には僕が居るじゃないか！　すぐ隣に座る僕を見ないでどうして斗和ばかりを見るんだよ！

自分でも醜いと言いたくなるほどの嫉妬心が膨れ上がる。

僕も頑張ってるんだと、僕のことも褒めてくれよと言いたくなるけどそれこそ恥ずかしいしみっともない……それくらいは僕だって考えるんだよ。

（……それに……それに！）

　こんな状況で僕は昼休みのことを思い出す。

　かつて、病室で僕は斗和に絢奈とのことを応援してほしいと伝えた……その時は斗和が返事をすることはなかったけれど小さく頷いてくれた。それなのに。

『さてな。修がモタモタしてたら俺がもらっちまうかもしれねえぜ？』

　それは端正な顔立ちの彼が見せた挑発的な表情で、やっぱりイケメンの斗和がそういう顔をすると似合うなと思ったほどだ。

　イケメンはズルい……とりわけ斗和は本当にズルい。

　僕と違ってなんでも出来て、なんでも持ってて……色んな人に好かれて……僕には持っていないものを本当に彼は多く持っている。

「修君」

「っ……絢奈？」

　自分と斗和のことを比べていたせいで手が止まっていた。

　絢奈が不思議そうに僕を見つめていたので、ちゃんと仕事はしていたんだと……褒められたいなんて言えないけど、頑張ってるんだと伝えるかのように僕は必死に仕事を終わらせていく。

「修君。ここ間違ってますよ？」

「え？」

「桁が違います。それと、こっちは段が一つ違います」

「…………」

絢奈に指摘されてハッと気付いた。

考え事をしながら仕事をすれば誰だって凡ミスはするだろうし、だからこそ気を付けないといけないのは分かっている。

僕は正式な生徒会役員ではないけれど、伊織先輩に手伝ってほしいと言われているんだからしっかりしないと！

「ふぅ……よし！」

パシッと、先ほど斗和がやっていたように頰を叩いた。

小気味のよい音が響き渡り、僅かに頰が赤くなったかなくらいには痛かったけどおかげで気合が入ったぞ！

「修先輩が燃えてます……っ！」

「ふふっ、やる気があるのは良いことですね。頑張ってくださいね修君」

絢奈に頑張れと言われたら頑張らざるを得ない。

褒められたい一心と役に立ちたいという想《おも》い、そして斗和に負けたくないという対抗心に突き動かされるように僕は仕事を再開する。

「何かあったら言ってくださいね？　何でも手伝いますから」

僕の顔を覗《のぞ》き込むように絢奈がそう言ったけれど、僕は首を横に振った。

何でも？　本当に？　そんなネットで覚えた言葉が脳裏を過ったけど、僕は絢奈を大切にする男だと自負している……だから変な要求は絶対にしない。

「大丈夫。僕一人で出来るよ」

「わぁ……かっこいいですよ修先輩！」

別に恰好《かっこう》を付けたつもりじゃないんだけど……でも真理にそう言われたのは素直に嬉しかった。

僕の返事に絢奈は目を丸くして驚いており、そんなに驚く要素がどこかにあったかなとつい首を傾《かし》げた。

「どうしたの？」

「……いえ、何でもありません。少し驚きまして」

「何に？」

「修君ならすぐに手伝ってって言うと思ったんですよ。まさか、そんな風に自信満々に断られるとは思いませんでした」

「……少しはかっこいいところ見せたいし」

「え？」

「何でもない！」

大きな声を出したことは申し訳ないと思いつつ、僕は作業に集中した。

……ちょっと恰好付けすぎたかな？　変な風に思われてないかな……そんなことを考えながら僕はそっと斗和と伊織先輩に視線を向ける。

「そうね。そこはそれで合ってるわ」

「良かったっす」

「続きの書類は……それね。出来る？」

「見ててくださいよ」

「頼もしいわね」

なんとも息の合った会話だ。

伊織先輩はそのクールな見た目と話し方から冷たい印象を抱かれるとよく聞くけれど、やっぱり彼女は冷たくなんかなくてとても優しい人なんだ。

……斗和とあんなに仲が良いのはちょっと気に入らないけど。

「……ふふっ」

隣で絢奈が二人を見つめて笑った。

横顔だけでも相当な破壊力だったのは当然として、やっぱり絢奈はこんな風に笑っているのが一番素敵だ。

ジッと見ていると絢奈がこちらに顔を向けた。

首を傾げた彼女に僕はこう言ったのだ。

「その……今日の絢奈はいつも以上に笑うよね」

「そうですか？」

「うん。斗和が居るのもあるけど、伊織先輩たちと話をしている時とか凄《すご》く楽しそうだった」

「…………」

「あれ……？　変なこと言った？」

僕の言葉に絢奈がさっき以上に驚いている。

絢奈は呆然《ぼうぜん》とした様子で僕から視線を外し、斗和と伊織先輩の方へ視線を向けたかと思えば、傍に座っている真理のことを見つめだす。

「絢奈先輩？」

「……なんでも……ないです」

そう言って下を向いた彼女は明らかに様子がおかしかった。

どうしたんだろうと更に声を掛けようとしたところで、僕よりも先に彼が動いていた。

「絢奈、どうした？」

「……斗和君」

斗和だ。

さっきまで伊織先輩と話をしていたのに、彼は絢奈の危機に駆け付けるヒーローのように自然に声を掛けた。

「大丈夫か？」

「あ、はい……その、少しボーッとしてしまいました」

心配そうな様子で絢奈の顔を覗き込む斗和……同性の僕でさえドキッとするくらいに斗和の表情はかっこよかった。

でもその半面、僕だって気付いていたのに……と、また嫉妬心が零《こぼ》れそうになる。

斗和の様子に伊織先輩と真理もジッと見つめるくらい、今この場を支配しているのは斗和だった。

「本当に大丈夫ですよ。というか斗和君だって最近ボーッとしていることが多かったですし、もしかしたらそれがうつったのかもしれません」

「それは……嫌なうつり方だな」

何の話だろう……？

クスクスと笑っている絢奈と、困ったように笑う斗和にしか分からないことらしく仲間外れにされたような気分だ。

そうは思っても僕がそれを惨めにも指摘するようなことはなく、それから最後の追い込みをするかのように僕たちは作業を終わらせ、片付けを終えた頃にはみんなが満足そうにしていて……何だろうな、僕もいつも以上に達成感があったように感じた。

「今日は作業だけじゃなくて音無さんと雪代君ともお話が出来て良かったわ」

「本当ですよね。まあ私は普段部活があるのでこんな機会もそうそう取れないですけど、本当に楽しかったです！」

伊織先輩と真理も満足してくれて良かった。

作業が終わったことで解散という流れになったけど、僕は伊織先輩と真理に引っ張られるようにして退路を失い、そんな僕は斗和と絢奈に手を振りながら見送られてしまった。

「それにしても修君？　今日は最後、凄く頑張ってくれたわね」

「あ……まあはい」

「本当ですよ！　修先輩凄かったです！」

「あはは……ありがとう二人とも」

僕は絢奈にかっこいい姿を見せられた……かな？

それが気にはなったものの、こうして伊織先輩と真理に凄いと言われるのはとても気分が良くて……その、僕の腕を二人が抱きしめているからこそ伝わる柔らかい感触もとても気持ちが良かった。

（でも……）

そんな中であっても、僕はあの絢奈の呆然とした様子が気になった。

あんな表情は今まで一度も見たことはなかった……彼女はあの時、何を思っていたんだろうか。

3章

「……へぇ、こんな設定もあったのか」

既に日も暮れた中、真《ま》っ直《す》ぐ机に向かって男性はそう呟《つぶや》く。

彼の視線の先にはパソコンのモニターが置かれており、その画面に映っているのはとあるサイトだった。

十八禁のアダルトPCゲーム、【僕は全てを奪われた】についての考察及び開発者のコメントが纏《まと》められているサイトだ。

「やっぱり一世を風靡《ふうび》したゲームだもんな。プレイしただけだと分からないことも多いし、こうして纏められているのはありがたいぜ」

そんな彼の机には【僕は全てを奪われた】の本編並びにファンディスクのパッケージが並んでおり、一人暮らしだからこそこういうゲームも出しっぱなしに出来る。

「……何々」

それから数十分にわたり男性はそのサイトを読み漁《あさ》った。

その中で改めて分かったこと、それは本当に斗和《とわ》は絢奈《あやな》としかイベントが用意されていなかったことだ。

それに関してはゲームをプレイすれば分かることだが、開発者のコメントが以下である。

『絢奈視点での物語ですので斗和との絡みは非常に多くなるファンディスクです。しかしながら私たちの考えの中でも斗和は本当に絢奈とのみ絡んでいます。仲の良い友人たちは居ますけど、そこには伊織《いおり》や真理《まり》といったヒロインは含まれていません。もしも彼女たちと仲良くなったりすると、絢奈も自分のすることに迷いが生じるでしょうからね』

確かにと男性は頷《うなず》く。

本編はともかくファンディスクでは絢奈視点の話となるため、斗和のことも事細かく描写されている。

二人の過去を紐解《ひもと》いたことで、修《しゅう》の妹である琴音《ことね》と母の初音《はつね》に関しては情状酌量の余地があるとはいえないが、絢奈の復讐《ふくしゅう》に巻き込まれる形になってしまった伊織と真理に関しては正直、気の毒としか言いようがない。

気の毒……否《いや》、可哀想《かわいそう》だった。

「復讐に突き動かされたからこそ、絢奈はそれだけを求めた。斗和のために計画した復讐によってもたらされる悲しみは度外視で、とにかく全てを終わらせるために動いたんだ彼女は」

斗和のために邪魔者は全て片付ける。

修を含めて家族そのものを滅茶苦茶《めちゃくちゃ》にするため、必要なモノはどんなモノでも使うと言わんばかりに、絢奈は仲が良かった伊織と真理すら歯車の一部とし、彼女の復讐劇を彩る演者へと仕立て上げたのだ。

「……絢奈の怖さが全面的に描かれたわけだけど、確かに斗和が知ったら絶対に止めるよな。ファンディスクをやればやるほど分かる……斗和は優しい奴《やつ》だ」

男性は更に開発者のコメントを読み進めた。

『私共の共通認識としては斗和は絢奈以外とあまり交流を持ってはいません。精々が見かけて絢奈のついでに少し話をする程度……もしも斗和が絢奈の目の前で彼女たちと仲良くなったり、あるいは一緒に居るのが楽しそうだなと言われてしまったら絢奈は絶対に迷うでしょう』

そのコメントを見た時、男性はそんな場面が容易に想像出来た。

ファンディスクは絢奈の復讐の物語であると同時に、彼女の葛藤も描かれていて強く感情移入をしてしまうほどだった。

物語を眺める部外者だからこそ、斗和に対して気付いてくれよとどれだけ考えたかも分からない……それだけ男性は絢奈という存在が好きで、そんな彼女に本当の意味で幸せになってほしかったのだ。

『絢奈はどこまでも斗和を優先し、ただ彼が好きだったんです。純粋なまでに、どこまでも真っ直ぐに……だからこそあそこまで自分を押し殺し、心がボロボロになってもやり遂げることが出来たんです。みなさんがよく仰《おつしや》っていますが、これから先の物語……あるいはＩＦのようなものも考えてはいません。どうかみなさんの想像の中で彼らを幸せにしてあげてください』

こうして、開発者からのコメントは締めくくられていた。

公式からの発表ということで完全に続編はおろか、ＩＦのお話もないことは既に決まっており、それを見てもやはりネットの反応は残念一色だ。

しばらくボーッとしていた男性だったが、マウスを動かしてファンディスクのファイルを起動させる。

すると最初に現れてくる絵はもはや見慣れた黒いフードを被《かぶ》った絢奈、闇のように深い真っ暗な空の下で光を灯《とも》さない瞳をしている。

「もやっとするんだよなやっぱり……この子のことを知れば知るほど、本当に幸せになってほしかった。何もしなかったとしてもきっと斗和とは結ばれただろうし、修とは一悶着《ひともんちゃく》あるだろうけどそれでも乗り越えられないものじゃない……絢奈は修よりも斗和を選び、斗和が絢奈を選んだ……それだけなのに」

タイトル画面の絢奈は動かない――しかし、ジッと見つめていると彼女はどこか涙を流しているようにも見えてくるのが不思議だった。

それから男性は思い出に浸るかのように再びゲームをプレイする。

クスッと笑ってしまう場面もやはり多く、修に関することを考えなければ斗和と絢奈の間には笑顔が絶えない。

その中でも物語は着々と進んでいき、ハラハラする展開……つまり斗和にとって彼を苦しめたであろう存在たちとのニアミス的な瞬間にハラハラすることも多い。

『斗和君、こっちに行きましょうか』

『え？　あぁ分かった』

しかし、先んじて絢奈が気付くことで斗和は平穏な日々を過ごしていく。

かつて斗和に暴言を吐いた琴音と初音に関しては一切接触することはないし、間接的に暴言を吐いた形になる絢奈の母とも一切の接触はなかった。

絢奈視点だけでなく、斗和視点でも他のヒロインとは本当にそこまで交流はないので彼女たちに何があったとしても、それは斗和の知るところではないということだ。

「……あ、終わっちまった」

　斗和と絢奈のラブラブエッチを経て、光に向かう二人を映してのエンディングを男性は黙って眺め続け……そして絢奈の姿が消え、斗和の独白が始まる。

〝俺の腕の中には絢奈が居る。ずっと笑っている。そんな笑顔を見ていると俺まで幸せになれる。けど……本当にこれで良かったのだろうか〟

　その文字たちは儚《はかな》く消えていき、次の文章が現れた。

〝俺を想《おも》い彼女は行動した。でも本当の意味で彼女の心を壊してしまったのは……何も気付けなかった俺自身。あの優しかった彼女を俺から奪ったのは……俺自身でもあるのかもしれない〟

　もしも斗和が気付けていたら……そんな開発陣の遊び心で入れられたその機能はまさに斗和の心の叫びかのようだ。

　しばらくその画面を眺め続けた男性はふぅっと息を吐《つ》く。

　椅子の背もたれに背中をグッと預け、男性はボソッと呟いた。

「もしも俺が斗和なら……なんて強いことは言えない。でもきっと何も分からなかったとしても絢奈のために動くんだろうなぁ。ははっ、こんなことを考えても仕方ないけど、それくらいは考えても良いよな、こんなストーリーを見せられたらさ」

自分が斗和の代わりになるというわけではないが、それでもそう言いたくなるほどに絢奈のことを救いたいと男性は思ったのだ。

ゲームの登場人物にここまで感情移入をするのもおかしな話だが、それだけこの物語を彼が愛している証《あかし》だった。

▽▼

「慣れないことをするもんじゃないな。少し肩が凝ったよ」

肩を揉《も》み解《ほぐ》しながら俺はそう呟く。

さっきまで生徒会室で作業をしていたわけだが、後半はある程度慣れたとはいえやはり普段からしないことをすると中々疲れるものだ。

ただ……敢《あ》えて言うならとても楽しかったのは確かだ。

やったことは遊びではなく仕事の一環ではあったものの、誰かと何かをするというのはやはり学生あるあるというか、本当に悪くない時間だった。

それというのもやはり、一番は傍《そば》に彼女が居たからだろうか。

ふと隣に視線を向けると絢奈が俺を見上げており、視線が交差したことで彼女は一瞬驚いたもののクスッと微笑《ほほえ》んだ。

「どうしましたか？」

「いや、何だかんださっきの時間が楽しかったなって思ってさ」

「ふふっ、そうですね。成り行きというか、偶然に集まったようなものですけど……楽しかったですね」

「絢奈？」

楽しかったと、そう口にしたのに絢奈はどこか浮かない表情をしていた。

彼女はすぐに俺に心配を掛けまいとまた笑顔を浮かべてくれ、そんな笑顔に可愛《かわい》いなぁと思う半面、聞かない方が良いかと流すことは出来なかった。

修は伊織と真理の二人と行ってしまったため傍に居ないので、俺は今絢奈と二人っきり……ちょうど学校では聞けなかったし、少し絢奈と真剣な話をしてみよう。

「絢奈、ちょっとだけ良いかな？」

「はい。構いませんよ」

ニコッと微笑んで頷いてくれたが、やはりどこか表情が暗い気がする。

そんな彼女を見ていられないというと心配のしすぎかもしれないが、俺は近くの喫茶店に彼女の手を引いて入った。

「いらっしゃいませ～！　お二人ですか？」

「はい」

「あちらの席にどうぞ。注文が決まりましたらお呼びください」

「ありがとうございます」

店員さんに促され、俺たちは奥の方のテーブル席へ向かう。

メニュー表を眺めながら俺たちは取り敢えず紅茶とケーキを頼み、待ってる間は他愛《たわい》ない会話をしていた。

「お待たせしました～！」

頼んでいたものが届き、俺たちは会話を止めてその味を楽しむ。

紅茶の甘さもそうだがケーキの味も申し分なく、対面に座っている絢奈も美味《おい》しそうに食べている。

「斗和君、そちらのチョコケーキも少しいただいて良いですか？」

「もちろんだ。じゃあそっちのショートケーキも一口良いか？」

「もちろんですよ♪」

フォークで一口サイズにしてからお互いに食べさせ合ったりもした。

　そうしてケーキを食べ終えた後、紅茶を飲んでお互いに落ち着いたところで俺は絢奈を真《ま》っ直《す》ぐに見つめながら切り出した。

「なあ絢奈」

「なんですか？」

「絢奈は……何か抱え込んでないか？」

「何をですか？」

　彼女はジッと俺を見つめながら首を傾《かし》げている。

　どんな表情も似合うからこそ笑顔でも何でもなく、ただその純粋なまでの疑問を前面に押し出した表情ですら様になっている。

「絢奈は……いつも笑ってくれてる」

「斗和君の傍ですから。毎日が楽しくて、幸せで……そんな状況で笑顔以外に浮かべる表情はないですよ。まあ私も一人の人間ですから、笑顔以外ないは流石《さすが》に言いすぎですけど」

「………………」

　クスクスと絢奈は肩を揺らして笑っている。

　その表情に嘘《うそ》はないように見えるし、いつも見せてくれる笑顔と変わらない……俺の大好きな笑顔のはずなのに、どこか彼女の笑顔に陰が見えてならないんだ。

「本当か？」

「……え？」

「本当に絢奈は心から笑えてるのか？」

「……ふむ」

聞き方としては更に彼女の内面に踏み込むような言い方だ。

でも絢奈は動揺はおろか一切気にした様子もなく、俺の言葉を真面目に考えるように顎に手を当てた。

う～んと唸《うな》りながら彼女は困ったように微笑んで口を開いた。

「私は本当に心から笑えていますよ？　ほら、斗和君が可愛いと言ってくれる笑顔が嘘に見えますか？」

そう言って絢奈は満面の笑みを浮かべた。

正直……正直悔しいことに、俺はその言葉に全面的に頷《うなず》くしかなく、それが彼女の心からの笑みだと直感したからだ。

俺の考えすぎなのか？　いや、そんなはずはないと俺は思っている。

ニコッと微笑んでいる絢奈を見ていると心が洗われるだけでなく、この笑顔をずっと眺めていたいとそれだけを考えてしまう。

「斗和君？　本当にどうしたんですか？　真剣な斗和君の表情はとても素敵ですけど、こういう場所ではあまり難しい顔をしてほしくないです」

「……そうだな」

こうして喫茶店に二人で来ているのだから難しい話はしないでほしい、そう言わんばかりに彼女が頰を膨らませたので俺はすまないと謝った。

この調子だとどれだけ聞いても絢奈は答えてくれなそうだし、何より本当に俺の勘違いなんじゃないかと自信がなくなりそうだ。

「ごめんな。ちょっとトイレ行ってくるわ」

「はい。いってらっしゃい」

俺は席を立ってトイレに向かった。

用を足して手を洗いながら、鏡を見ていると満足な答えを絢奈からもらえなかったことに不満気な様子を見せる俺が映っている。

「……急ぎすぎかな？　どう思う斗和」

そう問いかけても、当然鏡に映る俺は何も答えてはくれない。

ジッと見ていても何も変わらない時間が続くだけ……俺は何をやってるんだと苦笑した

後、絢奈のもとに戻るのだった。

「ただいま。どうする？　もう出るか？」

「そうですね。ケーキも紅茶も全部いただきましたし」

ということで、会計を済ませてから店を出た。

その間もチラチラと絢奈を観察していたが特におかしなところはなく、本当にこうやって気にしているのが馬鹿みたいじゃないか。

はぁ……心の中でもため息を吐くなよ俺……こんなんだと察しの良い絢奈にまた気付かれて心配されるだけだ。

「あ、今度の休みにあのお店に行きませんか？　ちょっと見てみたい小物がありますし、明美《あけみ》さんにちょっとしたプレゼントとかもしたいので」

「分かった。予定を絶対空けておくよ」

絢奈の言葉に返事をしながら、俺は少しだけ気分を変えるためにさっきのことを脳裏に呼び起こす。

伊織や真理と触れ合うことで楽しそうにしていた絢奈を――。

伊織の手付きに絢奈が本当に嫌そうにしていたのも面白かった……絢奈のようになるにはどうすれば良いかと悩む真理に対し、可愛い後輩を見つめる優しい絢奈の表情もまた尊かった。

「それで……って斗和君？　何をニヤニヤしてるんですかぁ？」

ほらな？　まあ悩んでいる顔を見られなかっただけマシだが、彼女が見たのは俺のニヤケ顔だったらしくそれはそれで恥ずかしい。

「いや、別にやらしいこととか考えていたわけじゃないぞ？　さっきの生徒会室でのことを思い出してたんだよ」

「またですか？　確かに楽しかったですけど……あ〜、伊織先輩におっぱいを揉まれたのを思い出してしまいます」

「なに？」

あ……ちょっと反応してしまった。

俺が彼女たちを見ていた時にそんなシーンはなかったがなるほど……そりゃ修も顔を赤くするってもんだ。

「俺も見てみたかった……なんて顔をしてますね？」

「え!?」

「ふふっ、冗談ですよ。せっかくですし、今から物陰に行ってお触りタイムと行きますか？　私は一向に構いません！」

「胸を張るんじゃないよ！　いや、胸の話をしてたけど！」

ちなみにここ、俺たち以外の人も多く歩いている場所だからね。

俺と絢奈はしばらく見つめ合った後、流石に場所が場所なだけに冷静になった。

「……くくっ」

「……うふふ」

お互いに肩を揺らしてひとしきり笑った後、止まっていた足を動かした。

その間の俺たちには一切の会話はなかったものの、決して居心地の悪い雰囲気ではなかった……むしろ、この無言があまりにも心地よすぎるほどだ。

そうして二人して歩き、俺はふと足を止めた。

歩幅を合わせて歩いていた絢奈も当然のように足を止めて俺を見上げ、俺が次に起こすアクションを待っている。

「……まあなんだ。さっき絢奈に聞いたのはある意味で俺の決心みたいなもんだ」

「決心？」

「あぁ」

頷いた俺は言葉を続けた。

「絢奈の笑顔を守る――生徒会室で楽しそうにしている絢奈を見て一層そう思った」

周りに人が居るので少し俺たちは移動した。

そうは言っても夕方の街中は人通りが多く、どこに行っても人並みは尽きない。

俺たちは道の端の方へ移動し、改めて絢奈と真っ直ぐに向き合った。

「俺さ……笑顔の絢奈を見るのが好きなんだよ。俺の前でもそうだけど、さっきみたいに伊織……じゃなくて、会長や真理と一緒に仲良くしている姿もなんつうか……尊い光景ってやつか？　最近の流行言葉だとてぇてぇみたいな？」

てぇてぇ、最近になって流行《はや》った言葉だ。

まあこういう時に使えば良いんだろうなと思いつつ口にしたのだが、絢奈の方からは何も言葉が返ってこない。

こいつは外したかと思いつつ彼女に目を向けると、絢奈はどこか呆然《ぼうぜん》とした様子。

呆気《あっけ》に取られたというか予期していない何かを伝えられたかのような……そんな様子が窺《うかが》えた。

「絢奈？　どうした？」

「っ……」

「……絢奈？」

下を向いた彼女は俺から一歩距離を取るように下がった。

それが俺には彼女からの拒絶にも感じられ、思わず手を伸ばしそうになったのを引っ込めてしまう。

何かしてしまったか、何か言ってしまったか……今さっきまでの会話を冷静に振り返ってみたが特に原因は思い当たらない。

「絢奈——」

俺の勘違いかもしれない……でも、絢奈に少しでもこんな風に距離を取られる行動をされるのはショックだった——それこそ、心臓に鋭い刃《やいば》を突き立てられたような痛みが走るかのよう。

「あ、あの……私……っ」

顔を上げた絢奈だがその表情は暗い……そんな俺たちの間に気まずい空気が流れたときに、それを払拭するかのようにあいつが現れた。

「おっす～！　やっぱ雪代《ゆきしろ》と音無《おとなし》さんだったか！」

少し離れた所から手を上げていたのは相坂《あいさか》だった。

ユニフォーム姿なのでちょうど部活帰りなのだろうか——彼はニヤッと笑いながら俺たちのもとへ近づく。

「なんだなんだ？　雪代と音無さんが一緒に居るのは珍しくないけど、もしかしてデートの帰りだったりしたか？」

　おらおらと肩を小突いてくる相坂には少しイラついたが彼はすぐ、もしデートだとしたら自分が邪魔であることに気付いたらしく、急に慌てだしてすまないと謝った。

「謝るなら最初から邪魔するなっての」

「マジですまねえ……ほら、最近練習ばっかでさぁ。友達と遊ぶこともそうねえし、それでふと二人を見かけたから声を掛けたくなったんだよ」

「それだけでですか？」

「それだけ……っすねぇ」

　絢奈の問いかけに相坂は頭を掻《か》く。

　相坂にとって絢奈はクラスメイトだけどあまり話す間柄ではないため、俺の前では陽気なスポーツ少年の彼も少したじたじだ。

　とはいえ、絢奈との間に微妙な空気が流れていたし、こうして相坂が現れてくれたのが渡りに船だったのも確かか。

「相坂こそ部活帰りとはいえ珍しいんじゃないか？　確かお前の家ってこっちとは正反対じゃね？」

「母ちゃんから買い出しを頼まれたんだよ。野球で疲れてんだけどどって文句を言おうもんなら殺されちまう」

「どういうお母さんなんだよ」

「阿修羅《あしゅら》だよアレは」

自分の母親にアレとか言うなっての。

でもそうか、お母さんからのお願いか……何だかんだ、俺は相坂と仲が良い方だけど家に行ったこととかないし、どんな家族なのかも知らないんだよな。

「阿修羅かどうかはともかく、母親のお願いは断りづらいよな」

「んだんだ。普段から弁当とか作ってもらってるし、たくさん世話になってるし迷惑も掛けてきたようなもんだからよ」

「そっか」

どうやらお互いに母親に頭が上がらないのは同じみたいだ。

今までこうして相坂と家族のことを話す機会はなかったけど、学生とはいえ家族の話をするのも乙なものだ。

「ふふっ、相坂君はお母さんが大好きなんですね？」

「大好き……って言うと恥ずかしいけど嫌いにはならないんじゃないかな普通は」

「そうですねぇ。斗和君も明美さん……お母さんのことが大好きですし」

「なんか家族を大事にしてそうな顔してるもんな雪代は」

「どういう顔だよ」

　ピシッと軽く相坂の肩を小突く。

　いやでも本当に相坂が来てくれて良かった……もしかしたらあのままだと絢奈と気まずいままだったかもしれないし。

「二人はもう帰るのか？」

「あぁ」

「はい。ちょうど帰ろうとしていたところですよ私たちは」

　いつも通りの微笑《ほほえ》みを浮かべて絢奈が俺の隣に並び、そんな彼女を見て相坂はふと思った疑問を口にするようにこう言った。

「クラスだと音無さんはよく佐々木《ささき》の面倒を見てるけどさ。雪代と一緒の方が似合ってるよなぁ……なんて」

「あら、ありがとうございます相坂君♪」

　ニコッと微笑む絢奈にデレっとする相坂を見て俺はため息を吐《つ》く。

　確かに絢奈ほどの美少女に微笑まれてそうなるのは分からないでもないが、確か相坂って年下に気になる子が居るんじゃなかったか？

「ていうか相坂、買い物は――」

大丈夫なのか？　そう聞こうとしたまさにその時だった。

「その手を放しなさい！」

俺と絢奈、相坂の意識を引っ張るほどの力を持った声が響いた。

中でも特に俺と絢奈の反応は分かりやすく、どちらからともなくまさかといった具合にそちらに素早く目を向け……そしてあっと声を上げた。

「まあ良いじゃねえかよ姉ちゃん。俺と良いことしようぜぇ？」

「っ……放せと言っているのが分からないのかしら？」

大学生くらいの男が一人の女性に言い寄っていた。

女性は明らかに嫌がった様子だが決して屈したりはせず、強い意志を乗せた目と声で威嚇しているものの、対する男は一切堪《こた》えていない様子でニヤニヤと笑っている。

純粋に声を掛けたのではなく、明らかに女性の体目当てなのが分かるほどに、その男の表情はいやらしさで溢《あふ》れていた。

「…………」

「ナンパかよ……って雪代に音無さん？　どうしたんだ？」

街中でナンパなんて特に珍しいものではない……珍しくはないのだが、俺と絢奈にとってその女性は他人と切り捨てることの出来ない存在であり、俺にとっては少しばかり斗和としての記憶を刺激する人だ。

「……星奈《せいな》さんか」

音無星奈――絢奈の母親だ。

俺の母さんと同世代でおそらくアラフォーのはず。

それなのに大変若々しく、大学生くらいにしか見えない容姿と雰囲気はもちろん、絢奈似の美人となればこうしてナンパをされないことの方が不思議といえる。

「なんかあの人音無さんに……ってどうでも良いか。ちょっと行ってくるわ」

「相坂？」

荷物をその場に置いて相坂が星奈さんと男のもとに向かう。

普通は見て見ぬフリをして関わりたくないと思うのかもしれないが、相坂の気にしない様子は彼の正義感を表しているようにも見え、その姿に俺もまた刺激された。

「俺も行ってくるよ。絢奈のお母さんには良いように思われてないのは確かだけど、それでも君のお母さんだし助ける理由は十分だから――絢奈はここで待っててくれ」

たとえ良く思われていなくても助けない理由にはならない……絢奈の母親だから、なんて理由はあるけどたぶん動かないと後悔する……そんな気がしたんだ。

ただ……なんだ？

星奈さんのもとへ行こうとすると足が重くなる……膝くらいまである沼に足が取られているようなそんな感覚だ。

（これ……あの時と同じ――）

荷物を運んでいた修と伊織を見ていた時と同じ……結局あの時は何もせずに俺は絢奈と一緒に帰ったんだよな。

止まりかけた足を無理やりに動かす。

すると何かが外れたような音が脳裏に響いたかと思えば、そのまま俺は相坂の隣に並んだ。

今の感覚が気にならなかったわけじゃない……でも、それ以上に早く星奈さんを助けないといけない、そんな気持ちでいっぱいだった。

「待てよ相坂」

「お？　雪代も行くのか」

「まあな。あの人、絢奈のお母さんだから」

「へぇ……え？」

ポカンと相坂が目を丸くして驚く。

確かにあんなに若々しい人が高校生の娘を持っているとは思わないよな、その気持ちはよく分かるぞ。

俺たちは言い合いをしている二人のもとへ――最初に俺たちに気付いたのは星奈さんだが、相坂ではなく俺を見た瞬間に星奈さんは驚いていた。

「そこまでだ。その人、嫌がってるだろ？」

「こんな人目のあるところでよくやるな兄ちゃん」

「……んだよてめえら」

男は分かりやすく俺たちを睨《にら》みつけてきたが、こちらが二人なのもあって少し怖気付《おじけづ》いたらしく一瞬とはいえ星奈さんの手を放す――俺はその隙を見逃さず、サッと星奈さんの手を引っ張り男から距離を取った。

「あなたは――」

「今は何も言わずに助けられてくださいよ」

とはいえ内心はビクビクだ。

琴音や初音さんに言われた言葉を覚えている俺からすれば、あれ以上に衝撃のある言葉はそうそうないと思っている……けれどやっぱり、好きな女の子のお母さんからキツイことを言われるのは嫌なので、出来れば何も言ってくれない方が良い。

「てめえらには関係ねえだろうが」

「詳しくは言わねえけど関係あるんだよ」

「そういうこった。つうか諦めろよかっこわりい」

相坂の言葉に男は更に表情を怒りで染め上げ、近くにあった三角コーンを手に取る。

その様子に星奈さんは小さな悲鳴を上げ、俺は相坂の肩に手を置いてそのまま強くこちら側に引っ張る。

「野球をやってるし大事な時期だろ？　怪我《けが》でもしたら大変だ」

「そうは言ってもよ……」

「良いから下がってろ！」

けどここで俺の悪い部分が出てしまい、二人を守ろうとするだけで明確な対処法を何も考えていなかった。

強く引っ張ったことで相坂は星奈さんよりも男から離れたので安心だが、ちょうど俺の後ろに居る星奈さんはまだまだ危ない。

流石《さすが》にここまでの騒ぎになると周りもうるさくなってきたが、取り敢《あ》えずは頭か背中に一発は我慢……か？

「調子乗んなよカスが!!」

思いっきり三角コーンを振りかぶる男から視線を逸《そ》らすと、目を丸くして俺を見つめる星奈さんとすぐにまたこちらに駆け出そうとする相坂が目に入る。

特に星奈さんのそんな表情は新鮮だった。

まあ彼女と直接話した記憶は斗和が持つ過去の記憶だけであり、ゲームでもそこまで出ていないので新鮮という表現が正しいのかは分からないけどな。

「っ……」

目を瞑《つぶ》ってどうにか衝撃に備える――あまり痛くありませんようにと、ただそれだけを願って……しかし、俺の体に痛みは走らなかった。

「斗和君に酷《ひど》いことをするなあああああっ！」

それはまさに怒りを孕《はら》んだ彼女の……絢奈の叫びだった。

何か鈍い音がしたかと思えば三角コーンが地面に落ちる音が響いたので振り向くと、男が股間を押さえるように蹲《うずくま》っており、そんな男と俺の間に彼女が背中を向けて立っている。

背中を向けて目の前に立つ絢奈はどこか歴戦の戦士を思わせる立ち姿で、俺と相坂は顔を見合わせた。

「絢奈……さん？」

「音無……さん？」

俺たち……モブじゃね？　そんなことを思わせられるくらいに絢奈の後ろ姿に圧倒されていた。

もちろん俺と相坂だけでなく、チラッと背後を見れば星奈さんも目を丸くして絢奈を見つめており、どうやらこの人にとっても今の絢奈の姿は珍しいというかあまり見たことがないものなんだろう。

「クソアマが……こんなことをしてタダで済むと――」

「タダで済むと……なんですか？」

顔を上げた男に絢奈が言葉を返す。

威圧感を纏《まと》わせたその声はまるで大気を震わせるかのような重々しさがあり、俺ですらその声に若干の怖さを感じたほどだ。

見下ろされている男は果たして絢奈の表情に何を見たのか……彼はひっと怯《おび》えたように声を上げた――絢奈はそんな男を見つめて一言。

「失《う》せろ」

俺の耳は確かにそんな彼女の言葉を聞いた。

それは絶対に絢奈が言わなそうな言葉の筆頭のはず……俺の耳がおかしくなったのかと思ったがそうではないようで、男は頷《うなず》いて立ち上がり股間の痛みを耐えるようにフラフラと走り去った。

ジッと去っていく男を見つめている絢奈の背に、声を掛けようとしたところで俺はあれっと首を傾《かし》げた。

(この状況……俺は知っている？)

絢奈が発した強い言葉……失せろ、あるいはそれに似た言葉を……絢奈の言葉で聞いたことのあるような感覚……デジャブを感じた。

男が見えなくなったところで絢奈はこちらを振り返ったが、そこに居たのは当然いつもの彼女である。

「大丈夫でしたか？　相坂君も」

「お、おう……えっと……雪代？」

「…………」

取り敢えず、お互いにさっきの絢奈については聞かなくても良いだろう。

それよりもこの場には他の野次馬《やじうま》もそうだが、星奈さんも背後に居る――こうして場が落ち着いたからか、星奈さんの声が響いた。

「絢奈……今のは？　というより、どうしてこの子と一緒に居るの？」

どうしてこの子と一緒に居るのか、その言葉が指すのは俺だろう。

最終的には絢奈が男を撃退してくれたようなものだけど、庇《かば》った俺にお礼の一つもないのかと笑いが出そうになる。

「お母さん。斗和君にお礼を言うのが先でしょう？　体を張ってまで斗和君はお母さんを守ろうとしてくれたのに」

「私が彼に……何の冗談を言っているのかしら？」

星奈さんは鼻を鳴らすように俺を見た。

正直どうして彼女はこんなに俺を……否《いや》、斗和を嫌っているのかは皆目見当も付かないが、何故《なぜ》なのかを聞いてもきっと星奈さんは教えてくれないだろう。

何かガツンと彼女の心に響く言葉でも言えれば良いんだが……なんて、そんなことを考えていた時だった——絢奈の口から渾身《こんしん》の右ストレート以上、それこそ大火力の砲撃が放たれたのは。

「あの時もそうだったじゃないですか……悪いのは私だったのに、斗和君は私を慰めてくれただけなのに……お母さんは斗和君を邪険にして、斗和君が怪我をした時だって!!」

絢奈はそこで一息吐《つ》き、先ほどまで声を荒らげていたのが嘘《うそ》のように、静かな声でただそっと囁《ささや》くようにこう続けた。

「お礼を言えないだけではなく、どんな理由があるにせよあんな酷い言葉を口にしたお母さんは嫌いです……あなたと同じ血が流れているなんて考えたくもない」

「あ……絢奈……？」

絢奈の言葉に星奈さんは信じられないと言わんばかりに目を見開く。

俺や相坂が居ることすら忘れたかのように、彼女は絢奈だけをただただ呆然《ぼうぜん》と見つめていた。

（……流石に火の玉ストレートすぎないか？）

俺にとって星奈さんに関しては嫌な思い出しかない……でも、だからといってこんな風に絢奈に言われてしまった彼女をざまあみろだとか、そんな浅ましいことを考えはしない。

さて、この状況をどうしようか……そう考えた時、俺は星奈さんの手に傷が付いているのを見つけた――おそらくさっきの男とのやり取りの中で、爪が当たったのか引《ひ》っ掻《か》き傷になっている。

「星奈さ……こほん、ごめんなさいちょっと手を貸してください」

「斗和君？」

星奈さんと名前を呼びそうになり、流石にやめておくかと寸前で踏み止まる。

呆然としている状態の彼女に近づくと、視線だけは俺の顔を追っているのでちゃんと意識はあるみたいだ……まあ当然だろうけど。

「傷になってます。流石に絆創膏《ばんそうこう》とか持ってないので、帰ったら水で洗ってちゃんと手当てしてください」

傷を包むようにハンカチを巻いた。

途中で振り払われることも予想していたがそのようなことはなく、星奈さんはただ俺がやることをジッと見ているだけだ。

「よしっと、これで大丈夫です」

簡単な手当てを済ませ、俺は星奈さんの手を放す。

ボーッと俺のハンカチが巻かれた手を見ている星奈さんに、どんな言葉を掛ければ良いのか分からない。

「行きましょう斗和君。相坂君も」

ギュッと俺の手を握って絢奈は歩き出す。

絢奈に手を引かれながらチラッと背後を見たが、星奈さんは俺たちに何かを言うことも追いかける素振りすらも見せなかった。

「えっと……あはは、なんか色々あった気分だぜ」

星奈さんの姿も見えなくなったところで相坂が苦笑しながらそう言った。

彼からすれば一切の事情を知らないのもあって困惑どころではないだろうに、それでもこうして笑ってくれたことは空気が和らいでありがたかった。

「ごめんな相坂。まあなんつうか、色々あんだよ」

「あれを見たらどれだけ察しが悪くても分かるっての。ま、それでもあの人もそうだけど俺たちも大きな怪我がなくて良かったな」

「あぁ」

その点に関しては同意だ。

まあとはいえ……大きな怪我がなかったのが誰のおかげかというと、間違いなくアマゾネスのような動きを見せた彼女だろうな。

「…………」

「…………」

「な、なんですか……？」

俺と相坂がジッと見つめたことで絢奈は居心地が悪そうに体を小さくさせた。

先ほどの大きな声と男を一撃で沈めた……って、よくよく考えたら絢奈があんなに強いというか、あそこまで思いっきりのある一撃を放つとは……それに絢奈に似合わない乱暴な言葉遣いも予想外だった。

「いやぁ……音無さんって怒るとあんな風になるんだなって。その……俺って何かヤバいモノを見たとかで殺されたりしないよね？」

「誰に殺されるんですか！　人をそんなヤバい奴扱《やつあつか》いしないでください！」

「……くくっ」

相坂の冗談めいた言葉に噛《か》みつく絢奈は顔が真っ赤だった。

面白くなさそうにツンとした様子で顔を背け、俺の背後に隠れた絢奈を見て相坂は困ったように笑い、次いで俺を見てこう言葉を続けた。

「あくまで俺は無関係だからさ。気にはなるけど何も聞かない……でも、俺は雪代が理由なく嫌われるような奴とは思っていない。だからどうにか関係の改善っていうか上手《うま》く行くことを祈ってるよ」

「……あぁ。ありがとう相坂」

「へへっ、じゃあ俺は……って買い物！　忘れてたぜ!!」

相坂は慌てて手を振りながら走っていった。

状況が状況なだけに嵐が過ぎ去った感覚だけど、あんな風に言われてしまったからか少し顔が熱い。

そんな俺の腕を絢奈が抱きしめ、ジッと顔を上げて見つめてくる。

さっきのやり取りがあったんだ……今日このまま彼女を帰しても星奈さんと気まずくな

るだろうと思い、このまま俺の家に来ないかと提案した。

「お邪魔したいです……明日の朝、早めに帰りますから」

「分かった」

そうなると明日、彼女を家に送ってから学校に行くことになりそうだ。

母さんも既に帰ってるだろうし、絢奈を連れていく前に電話して彼女が泊まることを伝えるとするか。

『もしもし？』

「母さん？　突然で悪いんだけど、今日絢奈が泊まる――」

『良いわよ。それじゃあ少しお料理を多めに作るわね』

一切理由を聞かずに了承してくれる母さん素敵です。

絢奈も近くに居たので僅かに漏れた母さんの声は聞こえていたようで、クスクスと笑いながらそっと俺の手を握った。

「ありがとうございます斗和君。明美さんにもお礼を言わないとですね」

「礼なんて本当に要らないさ。それよりも母さんのことだ……絢奈が泊まるってことでテンション爆上がりだし絡みがウザいぞ？」

「大丈夫ですよ。お酒の入った明美さんの相手は慣れてますからね♪」

それは……とても頼もしいことだなと俺は苦笑した。

母さんに会えることと俺の傍《そば》に居られること、そのことにワクワクしている絢奈の様子に癒《い》やされながら、俺は彼女を連れて母さんの待つ家に帰るのだった。

『お礼を言えないだけではなく、どんな理由があるにせよあんな酷《ひど》い言葉を口にしたお母さんは嫌いです……あなたと同じ血が流れているなんて考えたくもない』

そう口にした時、お母さんは啞然《あぜん》としたように私を見ていた。

まるであり得ないことを聞いたような、それこそ私からそのような言葉をぶつけられるとは微塵《みじん》にも思っていなかったと……そう思わせるお母さんの表情に、私は罪悪感よりも言ってやったという満足感があった。

でも……斗和《とわ》君はお母さんを助けるために動いてくれた。

『俺も行ってくるよ。絢奈《あやな》のお母さんには良く思われてないのは確かだけど、それでも君のお母さんだし助ける理由は十分だから――絢奈はここで待っててくれ』

斗和君はお母さんが隠れて酷いことを口にしたことを知りませんが、良く思われていないことは知っています……それでも斗和君は優しいから、迷うことなくお母さんを助けるために動いて……待ってて言われたものの、私も我慢出来なくてあの男の急所を蹴り上げた。

『失《う》せろ』

……必死だったからこそ、私は自然とそう強い言葉を口にしていた。

今までずっと隠していたのに初めて斗和君やお母さん、クラスメイトの相坂《あいさか》君の前で見せてしまった……正直恥ずかしさよりもやってしまったなと思ったけど、それでも少しだけスッキリしたのは確かだった。

私はお母さんのことが好きか嫌いかと問われたら嫌いだと断言出来る。

今まで育ててもらった恩はあるし、お父さんの浮気が原因でお母さんが離婚し、辛《つら》い経験をしたことも知っている……でも、私にとってはそんなことよりも斗和君の方がずっとずっと大切なんです！

「ちょっと〜！　絢奈ちゃんったら何を考えてるのかしらぁ!!」

「きゃっ!?」

ボーッとしていたのがいけなかったのか、いつの間にか背後に立っていた明美さんが抱き着いてきた。

しかもただ抱き着くだけではなく私の胸を遠慮なしに揉《も》んできた。

「あ、明美さん！　今はお皿を洗っていますから！」

「じゃあちょっと手を止めて私とイチャイチャしましょうよ～」

「手を止めたら永遠に終わらないですよ！」

少しだけ大きな声でそう言うと、明美さんはぶぅぶぅと頬を膨らませて離れた。

そんな風に拗《す》ねられても困るのは私なのだけど……でも、斗和君のお母さんということもあり私にとっても大好きな人でもあるので、明美さんのこんな姿も普段とのギャップでとても可愛《かわい》らしいものだ。

(斗和君と一緒にお風呂入りたかったですね……)

斗和君の家に来たら可能な限り彼の傍に居たい……それこそトイレ以外の場所ならそうしたいと思うほど……普通ですよね？

自分で自分に言い聞かせるように納得し、夜は彼の隣で眠れる幸せを期待する。

どこまでも私って乙女《おとめ》だなと思いつつ、酔っ払ってしまった明美さんの代わりに家事を再開した。

「絢奈ちゃん。本当に手伝わなくて大丈夫？」

「大丈夫ですよ。お料理は作ってもらいましたからこれくらいはさせてください」

「う～ん……絢奈ちゃんが居たらダメ人間になりそうだわ。斗和も気を付けた方が良いんじゃないかしら？」

斗和君がダメ人間になるなら全然歓迎ですが……。

それってつまり私から離れられなくなって、私が斗和君をお世話しないといけないってことですよね？　それって最高に幸せな未来設計図じゃないですか。

「まあ斗和は絶対におんぶに抱っこは嫌がるでしょうけどね」

ケラケラと笑うように明美さんはそう言った。

その意見には私も同意見で、絶対に斗和君は誰かに頼りっぱなしにはならない……何か苦労があれば分かち合い、何か悩んでたら相談に乗ろうと気に掛けてくれる。

「……あ」

「どうしたの？」

「……いえ」

ハッとしたように表情を変えた私に明美さんが気付いた。

私は誤魔化《ごまか》すように精一杯の笑顔を浮かべたが、明美さんはゴクゴクとビールを飲みながらもジッと私を見つめている。

……少しだけ、動揺してしまった。

斗和君は苦労を分かち合い、共有しようと声を掛けてくれる……それは学校での出来事で痛感した。

（私は……私は……っ）

斗和君だけでなく、修《しゅう》君にまで同じことを私は言われた。

本条《ほんじょう》先輩や真理《まり》ちゃんと接している私がとても楽しそうだったと、彼女たちとのやり取りに喜びを感じているようだとそう言っていたのだ。

（……楽しかった……私はあのやり取りに楽しさを感じていた……）

それは……認めざるを得ない。

私にとって彼女たちはただ、修君を絶望させるために用意した舞台装置にすぎないはずだ……その感覚は今も変わっていない。

（そのはずなのにどうして……っ）

お皿を洗う手が止まってしまい、私はダメだダメだと頭を振った。

こんなことじゃお風呂から斗和君が戻った時に心配を掛けてしまう……それこそまた喫茶店の時のように彼に気を遣わせてしまう……それは嫌だ……私はいつだって、斗和君には笑顔で居てほしいんだから！

「絢奈ちゃん。ストップ」

「……あ」

洗い物をしていた手をギュッと明美さんに握られてしまった。

さっきまで気持ち良さそうにビールを飲んでいた明美さんではなく、真剣な表情で私を見つめる明美さんが隣に立っている。

「最初に任せてしまった私が言うのもなんだけれど、後は私がやるわ。絢奈ちゃんは少し休んでいなさい」

「でも——」

「休みなさい」

「……はい」

うぅ……その気はないだろうけど、本気で睨《にら》まれたのがかなり怖かった。

私は残りの洗い物を明美さんに任せ、さっきまで明美さんが座っていた場所に腰を下ろして見守る……一応今の明美さんは酔っ払いですしね。

「ねえ絢奈ちゃん」

「はい」

「何があったのか軽く斗和から聞いてるわ。随分と思い切ったことを言ったのね？」

「……はい」

別に話さないでと斗和君に釘《くぎ》を刺したわけでもないし、何よりこうして翌日に学校がある日に泊まりに来るのも普段ではあり得ないこと……だからその理由として斗和君が明美さんに話をするのはごく自然なことだ。

でも……個人的には明美さんには知られたくはなかったかもしれない。

野蛮だとか、酷いとか……そういうことを思われて印象を悪くしたくなかったからだ

……そういうのはほら、将来に響いてしまうかもしれないじゃないですか！

「その……言いすぎでしたかね？」

「う〜ん、そうねぇ。少なくとも私が同じことを斗和から言われたら死にたくなるかしらね」

「うっ……」

落ち込むように下を向いた私を見て明美さんは苦笑する。

ちょうどそこで洗い物が終わったらしく、しっかりと手を拭いて明美さんは私の手を取った。

「ソファの方に行きましょうか。そこの方がじっくりと絢奈ちゃんを抱きしめられるからねぇ♪」

「えっと……」

あ、いきなり不穏な気配が……斗和君早く戻ってきてください！

そうは願うものの斗和君はきっと今頃、絶妙な湯加減の中でのんびりしているんだろう光景が目に浮かぶ。

ソファに腰を下ろした瞬間、明美さんがガシッと肩を抱くようにしてきたことでむわっとアルコールの臭いがツンと鼻孔を刺激してくる。

「酒臭くてごめんなさいね」

「いえ、確かに気になりますけど大丈夫ですよ。明美さんですからね」

「……その仕方ないなぁって顔をされると急に離れないといけない気になるわ」

「ふふっ、大丈夫ですってば！」

臭いが気になるのは仕方ないけれど、明美さんの良い香りも混ざっている。

それに私は明美さんにこうされるのは好きだ——私からもギュッと、明美さんに抱き着いた。

「……本当に可愛いわね絢奈ちゃんは」

よしよしと頭を撫《な》でられると小さかった頃を思い出す。

昔は私もお母さんにこうやって頭を撫でられていた……それこそ、斗和君と出会う前は本当に多かったように思える。

でも……そんな過去があったとしても、私はやはりこう考えてしまうのだ。

「明美さんが……明美さんがお母さんだったらどれだけ幸せなのかな」

敬語すらも抜けて私の口からそんな言葉が漏れた。

その言葉を突然に聞かされた明美さんからすれば困ってしまうだろうけれど、私は本当に自然とそう零《こぼ》してしまった。

僅かな静寂の後、明美さんは口を開いた。

「絢奈ちゃん。あなたは何かをきっと抱えているんでしょうね」

「…………」

「それがなんであるかは私には分からないわ。どんなに言葉を尽くしてもきっと絢奈ちゃんは教えてくれない気がするから」

それはとても耳の痛い言葉だった。

私は自分を隠すことは得意だと思っている……修君もお母さんも、初音《はつね》さんも琴音《ことね》ちゃんも本当の私を知らない……だから自分を隠すことは得意だと思っていたのに、斗和君と明美さんはすぐに気付く。

「でもおそらく大丈夫な気もしてるのよ」

「……え？」

顔を上げた私を明美さんは優しい眼差《まなざ》しで見つめていた。

見る人によっては怖さを抱かせる派手な見た目……でも、私を見つめている明美さんは本当に優しいお母さんだ。

「あなたの傍《そば》には斗和が居るから。あの子はきっと、どんな状況になったとしてもあなたを救ってくれる……そんな確信があるのよね」

「斗和君が……」

「ええ。もちろん斗和だけじゃなく、私もいつだって手を差し伸べる準備はしているからね。だから絢奈ちゃん、あなたは決して一人ではないことを覚えておいて。あなたには頼れる誰かが居ることを、常に心の中に留《とど》めておいて」

「……はい」

あぁ……その言葉に心が救われる……そうですね……心に留めておきます。

でもそれは全部が終わった後だ——その時に斗和君に甘えることにしよう……もうあなたを傷つける存在は居ないんだって、そう安心してもらってからにすれば良い。

「明美さん」

「なあに？」

「……少しだけ、今はとことん甘えさせてください」

「良いわよ」

明美さんの胸に顔を埋《うず》めるように、私は言葉通りしばらく甘えるのだった。

「ただいま〜って、めっちゃ絢奈に甘えられてるじゃん母さん」

「あら、おかえり斗和」

「おかえりなさい斗和君。その……甘えちゃいました♪」

程なくしてお風呂から上がってきた斗和君……その……変態的言葉になってしまうのは大変申し訳ないんですが、タオルで髪の毛を拭きながら頬を紅潮させているその姿はとても色っぽいと言いますか、とてもお腹《なか》の下辺りがキュンキュンすると言いますか……。

「絢奈ちゃんから発情の香り！」

「な、何を言ってるんですか‼」

自分で斗和君にアピールするのは全然良い……でも！　それを彼の母である明美さんに察知されて指摘されるのは今すぐにでも死にたいくらい恥ずかしいです！

「何言ってんだよ……絢奈、お風呂行っておいで」

「分かりました……っ！」

おそらく私が照れていることを察したであろう斗和君の気遣いもあって、彼の言葉に頷《うなず》いて私はすぐ立ち上がった。

「絢奈ちゃんってお客様だったわね。パジャマとか下着って何着か置かれてるの当たり前すぎて忘れていたわ」

「ふふっ、置かせていただいています。本当にありがとうございます」

斗和君と明美さんの厚意もあってこっちに私の下着と服は何着か置かせてもらっているので、今日みたいに突発的なお泊まりが発生しても大丈夫だ。

「それじゃあ行ってきますね」

「あいよ」

「いってらっしゃい」

リビングを出る直前、斗和君が明美さんに絡まれて凄《すご》くめんどくさそうな声が聞こえたのもやっぱり面白かった。

クスクスと笑いながら脱衣所に向かい、服を脱いで浴室に入る。

シャワーから出る温かいお湯を頭から浴びながらふと私は鏡を見た。

「……え？」

一瞬、私の背後に黒いフードを被《かぶ》った誰かが居た気がした。

「誰……っ⁉」

お風呂というのは基本的にリラックスして無防備になる場所なため、私はドキッとしながらすぐに後ろを振り向く……でもそこには誰も居らず、私の見間違いだったのだろうか。

「…………」

でも、私は確かにハッキリと見えた。

黒いフードの奥に秘められた顔はたぶん……私だった。

どこまでも絶望したような目をして、誰かに助けを求めるような……そんな目をした私を見た気がした。

「……っ……疲れてるのでしょうか」

確かに今日は色々あったので疲れが溜《た》まっていてもおかしくはない。

私はしばらくボーッとしたが、この後に明美さんもお風呂を使うため急いで体を綺麗にする。

湯船に浸《つ》かる頃には妙なものを見たことは忘れており、お風呂から出たら斗和君とどんなことをしようか……そんなことばかりを私は考えていた。

「……斗和君♪」

やっぱり私、斗和君のことになると急激に思考能力が低下する気がする。

「ふふっ、これもまた愛ですよね♪」

そう、これは愛なんです！　誰がなんと言おうと愛なんですよ！

湯船の中で強く握り拳を作り、私は斗和君のことだけを考えて癒《い》やしの時間を過ごした。

▽
▼

絢奈が泊まりに来た時に誰の部屋で寝るのか、その問いはもはや無粋だろう。

俺の部屋の中央……というよりは、俺のベッドのすぐ横に敷布団を用意して絢奈が眠れる環境を整えた。

「斗和君のベッドで一緒に寝たいんですけど……」

「あはは、俺もそのつもりだったけどまあ用意しておいて損はないだろ。もしかしたら狭いってなるかもしれないし」

「う〜ん……斗和君と引っ付いて眠ることに苦痛なんてないですし、そんな幸せを自ら手放すなんて考えられません」

「そこまでなんだ」

「そこまでなんです」

力強くギュッと握り拳を作る彼女に苦笑する。

「……ふむ」

しかし……俺は腕を組んで少し考え事をする。

俺が斗和になってから彼女を部屋に泊めるのは今日が初めて……それは確かにドキドキするし、今すぐにでも彼女と思う存分触れ合いたい気分なのは確かだ。

だがそれ以上に俺の心を占めるのは彼女が傍に居ることへの喜び、本来であればこうして向かい合うことのない時間でも、彼女と目を合わせられることに何よりの幸せを感じている。

「どうしたんですか？」

疑問を口にした絢奈だが、ジッと見つめられることが嬉《うれ》しいと表情で語るように笑顔を浮かべている。

そんな笑顔が可愛《かわい》いだけではなく、ピンクのパジャマに包まれた豊満な膨らみが彼女の秘める色気を存分に演出し、普段の制服姿や私服とは全く違う彼女を見せてくれている。

「何でもないよ。それより、母さんと随分仲良く話してたじゃん」

「あ……はい。そうですね——とても仲良くお話をさせていただきました」

絢奈が一瞬表情を暗くしたことは当然見逃していない。

腰かけているベッドの隣をトントンと叩《たた》き、絢奈にここに来てほしいと伝えると彼女はすぐに立ち上がって隣に座った。

「絢奈」

「はい♪」

肩を抱くようにすると絢奈は嬉しそうに身を預けてくれた。

俺は肩に置いていた手を頭に移動させ、優しく撫《な》でながら改めて言葉を続けた。

「母さんが何を話したのか何となく分かるよ。俺もそうだけど、母さんも絢奈のことは凄く気に掛けている……それは忘れないでくれな」

「……もちろんですよ。そんな風に思われて私はとても幸せです」

声に元気はなかったけれど、それでも絢奈はそう言ってくれた。

しばらく見つめ合っていたその時、絢奈はあっと声を出して布団の上に置かれていたスマホを手に取って何かを確認する。

「お母さんから何か連絡があると思ったんですけど何もなかったですね」

「……そうか」

いつもなら絢奈が家に居るはずだもんな……果たして、絢奈にメッセージの一つも寄越《よこ》さないことを冷たいといえば良いのか、メッセージを送ることすら出来ないほどに絢奈の言葉にショックを受けたのか……それを確かめる術《すべ》は今はない。

ただ、そんな風に絢奈がスマホを眺めていた時にちょうど電話が掛かった。

「あ……」

「？　出ても大丈夫だぞ？」

「分かりました」

誰から電話が掛かってきても俺が出るななんて言えないし、そもそもそんなことを言う気は毛頭ないけれど……でも、誰からなんだろう？

全く気にならないといえば嘘《うそ》になるし、気にするなと自分に問いかければ気にならなくなる程度——だったのだが、どうも俺にとって気になる相手なのは確かだったらしい。

「どうしましたか——修君」

どうやら電話の相手は修のようで、いつもと同じ世間話みたいだ。

俺に背中を向けている絢奈がどんな表情をしているかは分からないけど、声色はどこか面倒そうに会話をしている印象を受ける。

「何か御用でしたか？　ただ話をしたいから……修君の中で私はどれだけ暇人だと思われているんでしょうかね？」

暇人だと修は思ったのではなく、単純に絢奈と会話がしたいだけだろう。

それから俺は手持無沙汰になったので適当に漫画でも読んでいたのだが、そこで俺は自分の心が如何《いか》に狭いかを知ることになる。

「……気に入らないな」

電話に出て良いと言ったものの、今になってそれを後悔している。

俺が居るのに別の男と話をしないでくれっていう絢奈への感情と、俺と絢奈の時間を邪魔するなという修への感情……俺ってこんなに小さい奴《やつ》だったかな？

「今何をしてるのかですか？　私は特に――」

自分の中に宿る薄汚い感情と我慢しろという感情の二人がせめぎ合う……それはまさに両の耳から囁《ささや》く天使と悪魔のよう――俺はそんな声の片方、悪魔の囁きに応えるように立ち上がった。

敷布団の上、正座をしながら背中を向けている彼女……その背中に俺は抱き着くように腕を回す。

「きゃっ⁉」

「…………」

絢奈は気を抜いてたからこそ、突然の俺の抱擁に驚いている。

こうして近づいたからこそスマホを通じて僅かに修の声も耳に入るが、俺はそれを気にすることなく絢奈を抱きしめる腕に力を込める。

「いえ、何でもないですよ。それで……まだ話は続きそうですか？」

一瞬とはいえ驚いた絢奈は放してと文句を言うでもなく、ましてや俺の腕を叩いたりして無言で抗議することもせず……ただ俺の腕を優しく撫でてくれた。

「今日はまだ寝ないですね。ですが、ずっと通話を続けるのもお互いに疲れるでしょう。私も寝る前はのんびりとしたいですから」

修はきっと絢奈が俺の家に居るとは一切想像していないだろう。

こうして絢奈に自ら近づいた時点で罪悪感なんてものは欠片《かけら》もないし、むしろ今彼女は俺の腕の中に居るんだと良からぬ感情さえ抱く。

「うん……っ……」

俺の手の動きに心地よさを感じるかのように絢奈から艶のある声が漏れる。

絢奈の背後から彼女を焦《じ》らすかのように触れていると、そういえばゲームでもこんなシーンがあった気がすると思い出す。

それは果たしてどこだったか……それを思い出そうとした時、絢奈はすぐに通話を終えるように修におやすみなさいと告げた。

「絢奈？」

「もう斗和君！　こんなの我慢出来ないですよ！」

「っ⁉」

サッと振り向いた彼女はキスをしてきた。

最初は啄《ついば》むようなキスだったのが徐々に激しくなり、すぐに舌を絡ませるようなキスへと変化していく。

顔を離すと互いの混ざり合った唾液が銀色の糸を繋《つな》ぎ、しばらくすると力を失うように途切れた。

「電話の最中にだなんて斗和君はいけない人です」

「……笑わないでほしい」

「なんですか？」

「今は俺と二人だけだ――だから俺だけに集中してほしいって思ったんだ」

そうハッキリと、正直に伝えると絢奈は口元に手を当ててクスクスと笑う。

それは決して俺を馬鹿にするような笑いではなく、どこまでも俺のことを見つめてくれている眼差《まなざ》しだった。

俺は……斗和だ。

斗和の中に別人ともいえる俺が宿っている……けれども、絢奈はそんな俺のことを斗和だと信じて疑っていない。

（……俺は……ずっとここに居られるのかな……それとも、何か役目を終えたら消えたりするのかな……？）

なんてことを考えると急に肌寒いものを感じる。

俺はもう雪代斗和《ゆきしろとわ》だ……そう信じているし、何度も言うがこの世界に俺が俺として定着していることも確かに実感している。

でも……こうして俺が実際に転生を経験したことで、既にあり得ないことが起きているのを身を持って経験している——つまり、突然に俺が消えてしまい元に戻るということもあるかもしれないわけだ。

「斗和君？」

「…………」

俺は絢奈の頭に手を添え、背中にも腕を回すようにして強く抱き寄せた。

強く抱くこの温《ぬく》もりを手放したくないと願う……この子の傍《そば》に、絢奈の傍に居たいと本当に思うんだ。

俺にとってもはやこの子は大切な存在……ゲームの中にしか存在しない女の子ではないのだから！

「……斗和君がこんなにも強く求めてくれるのは初めてかもしれません」

「え？」

俺は驚いたように絢奈を見つめる。

彼女は俺の頬に手を添えるようにしながら、ゆっくりと言葉を続けた。

「斗和君――私はあなたのことが大好きです。あなたのためなら私はなんだって出来ると思えるくらいに大好きです……愛しているんです」

そうして再び俺にキスをしてきた絢奈を押し倒す。

真っ白で清潔な敷布団の上……果たしてこれが数時間後にどうなっているのか想像するに難くないが、俺は僅かに瞳を潤ませながら両腕を広げる彼女に体を重ね、再び忘れられない時間を彼女と共に刻んだ。

それから本当に数時間後のことだ――俺は窓から外を眺めていた。

「すぅ……すぅ……」

規則正しくも可愛らしい寝息に目を向けると、絢奈が掛け布団に包《くる》まるようにして眠っている。

情事の後にすぐ眠くなったようだが、彼女は最後の最後まで俺と一緒にベッドで引っ付きながら寝るんだと言っていたものの、その決意は潰《つい》えた。

「ははっ、ちょっと大げさかな？」

クスッと笑った後、俺は再び窓の外へと目を向ける。

ここから見える景色といえば電気の消えた近所の家と、夜空に浮かぶ満天の星空だけだ。

「…………」

でも、こうして星空を眺めていると気分が落ち着いてくる。

それこそ俺の抱く悩みなんて小さなものだろうと言われているような気さえしてきてしまうほどだが、それではダメだと自分を律する。

「絢奈……俺だって大好きだよ。だからこそ、君を守りたいんだよ。斗和としても俺としても、これから先君とずっと心から笑えるように」

俺は机に向かい例のノートを取り出す。

この世界で自分を認識してからの情報を纏《まと》め、それから自分の身に起きたことを事細かく記録したノート……俺以外の人が見ても何のことが分からず、小説家でも目指しているのかと笑われるような内容だ。

俺はペンを握って軽く、サラッと文字を書いた。

〝絢奈を守る。彼女の笑顔をずっと見ていたいから〟

そんな文字を書いてノートを閉じた。

絢奈に近寄って彼女の頭を撫でると、くすぐったそうに身を捩《よじ》るその姿も本当に可愛《かわい》らしく、ずっと見ていられるほどだ。

このまま時が止まって、何も考えなくて良いと言われたら……本当にそのままで生きていけそうな気がするほどに、俺はもう絢奈のことを身近すぎる存在として認識しているのは明らかだった。

「もしかしたら消えちまうかもしれない……なんてことをさっき思ったけど、これじゃあ何があったとしても傍に居たいって思うじゃないか」

俺は心の底からそう思った。

そして一つだけ、実を言うと絢奈と愛し合っている時に俺は一つだけ別のことを考えていた――それは絢奈と体を重ねれば重ねるほど、自分の中で何かが開きそうな気配があったのだ。

最近になって感じている、忘れていた何かが蘇《よみがえ》りそうな感覚……閉ざされた扉があと少しで開く、そんな感覚を俺は抱いていた。

「ふわぁ……俺も眠くなってきたな。ベッドで寝ても良いけど、せっかくだから絢奈に寄り添って――」

寝るか、そう言葉を続けようとして俺は頭を押さえた。

「っ……!?」

急に強い痛みが頭に走ったからだ。

目の奥がパチパチと火花を散らすように痛い……その痛みに耐える中で、俺は不可思議な光景を目にした。

眠る絢奈と、そんな彼女の頭を撫でる俺を見つめる黒いフードを被《かぶ》った女性……ここに居るはずのない存在がそこに居た。

「お前……は……」

神出鬼没の幽霊かよと、そうツッコミを入れそうになるくらいには余裕か……？

ジッとしていると頭痛も段々と収まってきたし、そうなってくると落ち着いた頭で目の前の光景に意識を割くことが出来る。

そして、俺はそのフードから覗《のぞ》く顔を見て驚いたのだ。

「……絢奈……？」

そう……そのフードの中に見えた顔は絢奈のものだった。

俺の傍で眠り続ける絢奈と寸分違わない顔立ちだが、彼女の瞳だけは寝ている絢奈と全く違う。

明るさに満ち溢《み あふ》れた目ではなく、真っ黒に染まり絶望に彩られた目……そんな彼女を見ていられなくて、つい手を伸ばそうとしたところで俺はハッとして我に返った。

「あれ……？」

伸ばした先にあるのは虚空……何の変哲もない俺の部屋だ。

　元から黒いフードを被った絢奈なんて居なかったんだと思わせるその光景に、俺はやっぱり疲れているのかなと首を傾《かし》げたが、俺は自然とこんな言葉を口にしていた。

「俺はあの絢奈を知っている……見たことがある……？」

　そう実感した時、何かがカチッと組み合わさったような気がした。

　今見たモノは実際にその場に存在したわけではなく、俺の中に眠っている何かしらの記憶を刺激する鍵ではないか……そうとも思えた。

「斗和……くん？」

　名前を呼ばれて絢奈に目を向けたが彼女は別に起きてはいない。

　どうやら夢の中でも俺に会ってくれているらしく、涎《よだれ》を垂らしながらにへらと笑っている。

　普段の彼女からは考えられない気の抜けたその表情に苦笑し、垂れていた涎を拭き取って俺は部屋の電気を消した。

（……何故《なぜ》だろうな。あと少し……あと少しで思い出せそうな気がする……そんな気がしているんだ）

　何かを思い出す以前に、どうして星奈《せいな》さんにあんなにも嫌われているのかなど気になることも山積みだ。

たとえ記憶の扉を抉《こ》じ開けられてもしばらくは忙しそうだが、それでも傍に絢奈が居てくれるのなら俺はなんだって頑張れる……そんな決意を胸に俺は目を閉じ、明日に備えて眠る——だが。

『斗和君』

「っ⁉」

脳裏に響いた声に俺はパッと目を開けた。

今の声は間違いなく絢奈のものだったけれど、彼女は眠っていて何か言葉を発した様子はない……それこそ、さっきみたいに寝言を言った様子もなかった。

「……なんで……なんでそんなに……っ」

悲しそうに俺の名を呼ぶんだと、口にしそうになるほどに聴こえた声はあまりにも苦しそうだった。

放っておけない、どうにかしなくちゃいけない……でもどうすれば良いのか何も分からない。

不安と焦燥がごちゃ混ぜになるように俺を包み込み、心臓の鼓動さえも速くなってしまって息苦しい……助けてほしいと、そう叫びたくなるほどに苦しい……っ！

「……はぁ……はぁ……っ！」

でもそれもすぐに収まった。

数分にも満たない時間だったはずなのに嫌な汗を掻《か》き、頭がボーッとする感覚がとても気持ち悪く、俺はそれを誤魔化《ごまか》すようにどうにか眠ろうと試みる。

ジッとしていると段々と眠くなっていったが、気持ち悪さは最後まで消えてはくれなかった。

▼▽

翌日、朝の目覚めは絢奈とのキスだった。

もぞもぞと何かが体の上で動いているなと思い、眠たさに抗《あらが》いながら目を開けた俺を迎えたのが顔面アップの絢奈だった。

見つかってしまったてへぺろ、そんな感じに舌を出した彼女は全く悪びれたりする様子もなくキスをしてきて……もしも休日だったら、朝からヒートアップしていた恐れがあるほどに刺激的な目覚めだった。

「おはよう絢奈、まだ朝だぞ？」

「おはようございます斗和君。朝ですが時間はまだまだたっぷりありますよ？」

……ええい！　可愛いだけでなくエッチなのが本当に……本当に!!

俺はふぅっと息を吐《つ》き、深呼吸も交えて何とか胸のドキドキを鎮めた。

絢奈が言ったように確かにまだ時間に余裕はあるが、それだけ早起きをしたということで二度寝をしたい欲求も僅かながらある。

「ま、起きるか」

「ふふっ、起きましょうよ。明美さんの代わりに今日は私が朝食を作りますね！　頑張りますよぉ!!」

グッと握り拳を作った絢奈はパジャマのまま部屋を出ていった。

「……あぁそうか。よくよく考えれば一旦家に帰さなくても良いのか」

彼女を泊める際に準備の関係で朝早く帰すつもりでいたのだが、制服を除けば絢奈の下着などはこっちにある程度置かれているため、別に家に帰る必要はないという結論に至った。

それでも今日の放課後は流石《さすが》に家に帰ると彼女も言っていたので、その点では星奈さんに心配を掛けることはなさそうだ。

「っ……」

立ち上がろうとした時、少しだけ頭がクラッとした。

風邪気味というわけでもなく何か病気というわけでもない……しかし、この一瞬のふらつきから連想するのは昨晩の気持ち悪さだった。

「……くそっ、なんだってんだ」

けれどやはりそれもすぐに気にならなくなるほどの些細《ささい》なもので、幸いにその後絢奈にも母さんにも心配されることはなかった。

絢奈が作ってくれた美味《おい》しい朝食を済ませた後、修と合流することなく俺と絢奈は連れ立って歩く。

「本当に楽しかったです。ねえ斗和君、また泊まりに来ますからね♪」

星奈さんとのやり取りを全く気にしないかのように、とにかく今回の泊まりが楽しかったことだけを伝えてくる絢奈に苦笑しながら、俺が頭の片隅で考えるのはやはり昨日のことばかり。

（あの声は……本当に何だったんだ……？）

絢奈と同じ声、けれども悲しそうで辛《つら》そうなあの声が耳から離れない。

隣で笑顔を浮かべている絢奈には非常に申し訳なかったが、学校に着いて席に座るまで……俺は絢奈に適当に返事をしながらずっと、その声のことばかり考えていた。

「おはよう絢奈！」

「おはよう音無《おとなし》さん！」

友人たちのもとに向かった絢奈の背を眺めた後、俺は何もする気が起きなくてジッとしていた。

修や相坂が声を掛けてきたけれど、ただただボーっと過ごしていた。

朝礼が終わって授業が始まり、ぼんやりとノートを眺めていた時だった。

俺は無意識に授業の内容に全く関係のない文字をノートの端っこに書く。

「……ＦＤ？」

無意識でノートに書いたＦとＤの二文字に首を傾げる。

この文字が何を示すのか、そもそもどうして俺はこんな文字を書いたのか全く理解出来ないが、それでも最近の不可思議なことと合わせてこれも何か重要な意味があるのではと思い、しっかりと記憶に留《とど》めることに。

そして、黒板を見るために顔を上げた時——また昨日と同じように脳裏に声が響き渡った。

『ごめんなさい。貴女《あなた》は関係ない、ただ巻き込まれただけ。でもね、それがどうしたの？別に良いでしょう？　だって今貴女気持ちよさそうに笑っていますよ？　ほら、もう少しその体を使っていってください。そうすれば来ますから——貴女が好き〝だった〟はずの男の子が』

一言ではない長さの声を聞いた時、強烈な頭痛を感じて俺はつい頭を押さえた。

思わず机の足を蹴りそうになったが何とか堪える……ただこの俺の状態は隣の席のクラスメイトにはすぐに気付かれてしまったようだ。

「雪代？　大丈夫か？」

心配そうに声を掛けられたので、俺は大丈夫だとすぐに伝えた。

しばらくして頭痛は治まったものの胸に残る気持ち悪さは相変わらずで、俺は参ったなとため息を吐く。

吐き気とまでは行かないが、フワフワと宙に浮くような奇妙な感覚。

完全に体調の悪い人間のそれではあるのだが、俺はこの感覚を抱く中で一つの答えに辿《たど》り着いていた――やはり俺には思い出さなくてはならないことがあるらしい。

「……ふぅ」

人知れず深呼吸をすることで気分を落ち着かせる。

……よし、段々と楽になってきた……頭痛はおろか、気持ち悪さも薄れていったのでざまあみやがれとほくそ笑む。

（……って何にほくそ笑んでんだよ）

そんなツッコミを内心で入れられるくらいには大丈夫……そう思っていたのに。

授業が終わって休み時間になった途端、俺は机に突っ伏した。

頭痛は完全になくなったものの、薄れていったはずの気持ち悪さが再び襲い掛かってきたのである。

『ごめんなさい。貴女は関係ない、ただ巻き込まれただけ。でもね、それがどうしたの？別に良いでしょう？　だって今貴女気持ちよさそうに笑っていますよ？　ほら、もう少しその体を使っていてください。そうすれば来ますから――貴女が好き〝だった〟はずの男の子が』

そしてまたあの声が聞こえてきた。

声だけでなく瞼《まぶた》を閉じれば映像さえも幻視出来てしまうほど……一体これはなんなんだとイライラが募る。

ただ分からないのではなく、何かが分かりそうだという感覚もあるから余計にもどかしくて更にイライラしてしまう。

「……クソがっ」

汚い言葉が口から出てしまったが自身を咎《とが》める余裕もない。

休み時間は十分程度……次の授業の準備をしなければと、そう思って教科書を取り出すとまた声が響く。

『彼女を俺から奪ったのは……俺自身なのかもしれない』

「っ⁉」

今度は絢奈の声じゃない……これは俺……？

さっきと同じように額に手を当てる。

教室の中は騒がしいのだが、当然ながらこうして俺がしんどそうにしていると気付く者も居る。

「おい雪代。さっきから様子を見てたけどマジで大丈夫なのか？」

授業中に気付いたクラスメイト同様に、席の近い相坂と……そして。

「斗和君？　どうしたんですか……？」

絢奈だった。

声を掛けられるまで二人が傍《そば》に来ていたことにすら気付かないほどに、俺は自分自身のことでいっぱいいっぱいだったらしい。

傍に立つ二人に向かって顔を上げると、絢奈と相坂は血相を変えるように表情が変わった……中でも絢奈の変化は顕著だった。

「顔が真っ青だぞお前！」

「保健室に行きましょう！」

二人して俺の手を引こうとしてくれたが、これくらいなら大丈夫だと言いかけて言葉を呑《の》み込む。

俺はともかくとして、こうして多くの目が集まるほどに俺の状態がみんなに知られてしまった以上、見るからに体調が悪そうな人間が授業を受けているとなると流石に気になるか……ま、そうだよな。

こうなったら仕方ないので保健室に行こうとどうにか立ち上がった。

「相坂君、斗和君は私が連れていきますから大丈夫ですよ」

「いや、でも男手があった方が——」

「私だけで充分ですから……ね？」

「イエスマム！」

絢奈のどんな表情を見たのか知らないが、相坂はビシッと敬礼をした。

その直立不動の姿は自衛隊で訓練をした人間……まあ自衛隊に入った経験なんてないけれど、何となくそんな想像が出来た。

絢奈はサッと俺の懐に入り込み、腕を肩に回すようにして支えてくれた。

「相坂君。私の方も少し遅れるかもしれないと先生に伝えてください」

「分かりました！」

「…………」

一体どんな顔で相坂を睨《にら》んだんだよ絢奈は……。

それから絢奈と一緒に教室を出て保健室に向かおうとしたが、正直なことをいえばここまでしてもらわないと動けないほどではなかったので、もう大丈夫だと伝えようとしたら出鼻を挫《くじ》くように絢奈が先に口を開く。

「聞きませんよ？　このまま保健室まで一緒に行きますから」

そう言われてしまい、俺は諦めるように分かったと頷《うなず》いた。

「……ありがとう」

「いえ、当然のことですよ」

周りからどうしたんだという視線を受けながら保健室に辿り着き、先生に症状を伝えてベッドに横になる。

風邪かもしれないと体温計を渡されて測ったが平熱だった。

もしかしたら疲れが溜《た》まっているのかもしれないから少し眠っていきなさい、そう言われたので取り敢《あ》えずは遠慮なく休ませてもらおう。

ベッドで横になる俺の傍に椅子を置き、ジッと見つめてくる絢奈。

彼女は相坂に言ったようにすぐに教室に戻らず、しばらく俺のことを見守ってくれるみたいだ。

「ふぅ……ごめん絢奈。迷惑を掛けた」

「迷惑だなんて言わないでください。斗和君のためなら私はなんだって――」

それは間違いなく絢奈の慈愛が込められた言葉でもあり、同時に若干の危うさが露呈する言葉でもあった。

いつもと違う俺の様子に絢奈も冷静に見えて実は少し焦っている……のか？

そう思ったけど彼女の優しい眼差《まなざ》しは変わらず、手を伸ばすと握りしめてくれる温《ぬく》もりも何も変わらない。

「…………」

こうされると安心する……けれど、人間というのは体調が悪い時に少しばかり精神が弱くなるというのは本当らしく、俺は絢奈の手を強く握り返しながらこんなことを口にしていた。

「絢奈は……今、幸せか？」

「……え？」

幸せか……どうして今こんなことを口にしたんだろう。

彼女は笑っていたじゃないか……何かを抱えているのは分かる……でも、絢奈は幸せだと俺の前で笑ってくれた……だからこの問いに意味がないことは分かっているはずなのに、それでも俺はそう聞いていた。

「もちろんですよ。斗和君の傍に居られる、それだけで私は幸せです」

心の底からそう思っていると、そう言わんばかりの笑顔で絢奈は言った。

彼女が幸せであることは俺にとっても嬉《うれ》しいことなのは当然……俺は更に今の言葉を加味してこうも問いかけた。

「絢奈自身の幸せは？　俺を抜きにして考えてみて、君は幸せだといえるのか？」

「そ、それは……」

ダメだ……もう瞼が重い。

眠りに落ちるその瞬間まで、絢奈は俺の問いに答えることはなかった。

彼女がどんな表情をしていたのか、どんな答えを出したのか……俺は聞くことが出来なかった。

「……私自身の幸せなんてどうでも良いんです。私は斗和君のモノ……斗和君だけのモノです。斗和君が幸せでいてくれることこそが私の幸せなんです。それで……良いじゃないですか。それこそが私の生きる意味なんですから」

5章

「八宝菜!!　……うん？」

……あれ？　俺は起き上がって周りを見た。

何やらダサい……ことはないが、とんでもない寝言を口にして目を覚ました気がするんだが……たぶん気のせいだな。

「……妙に頭がフワフワするな」

まるでまだ夢の中に居るような気分だけど、こんな鮮明な夢があってたまるかと俺は苦笑した。

辺りを見回すと懐かしき我が家。

俺は辺りを見回した……そして、机の上にある物を見つけてハッとした。

「……まずっ!?」

サッと立ち上がって手に取ったのはエロゲだった。

家族の誰かに見られてしまっては一生物の恥になること間違いなしである。

「【僕は全てを奪われた】……ほんま、伝説の神ゲーやで」

このエロゲは本当に俺の中での伝説になっている。

もちろん俺だけがこう思っているのではなく、このゲームをプレイした全ての人が大絶賛するほどのゲーム……いや、流石《さすが》に「全て」は言いすぎか。

でもそれだけこのゲームは話題となり、ストーリー性に魅入られる人が続出した。

『斗和《とわ》君』

「っ⁉」

突然に聞こえた声に俺は背後を振り返った――しかし、そこには誰も居らずただの自室の光景が広がっているだけだ。

幻聴を耳にするような歳《とし》でもないし……大丈夫だよな？

若干の不安を抱きつつ、俺はゲームのパッケージに目を向けた――まさかこの子が寝取られるとは……そう俺に思わせたゲームのヒロインでもある音無絢奈《おとなしあやな》が目に入る。

「絢奈……」

……そういえばさっきの声、絢奈に似ていたな？

心が落ち着くといえば落ち着く……ずっと聞いていたいとさえ思わせる慈愛と魔性とい

う矛盾が混ざり合った声……いや、絢奈の声なら俺の大好きなキャラだしそう考えてもおかしなことじゃない。

「……にしてはおかしいな……何だろうこの感覚」

しばらくパッケージを眺め続け……俺は更に別のゲームを見つけた。

「……これって」

それは今手にしているゲームと同様に机の上に置かれていたものだが、これは【僕は全てを奪われた】のファンディスクだ。

本編で語られなかった裏の事情――絢奈の復讐《ふくしゅう》の物語を描いたお話。

「…………」

俺はただ黙ってパソコンを起動し、ファンディスクのファイルを開いた。

逸《はや》る鼓動を抑えるように、けれども何か焦燥感に駆られるように俺は改めてこのファンディスクをプレイすることにした。

「なんつうか、焦りながらエロゲをやるってなにもんだよマジで」

そう苦笑していると早速タイトル画面だ。

暗い空の下、雨に打たれている絢奈が映っている……普段の彼女には似合わない黒いフードを被《かぶ》っている姿は雰囲気もあって異様だ。

けれども絢奈によく似合っていた。

それこそその異様な出で立《いた》ちと雰囲気が絶妙にマッチしており、このファンディスクによって明かされる秘密に関してプレイヤーに期待を抱かせる演出だ。

「…………」

それからずっと、俺はファンディスクをプレイした。

二周目……あれ？　二周目だっけ？　何周かプレイした気がするんだけど不思議なくらいに記憶が曖昧だ。

それでも俺はプレイし続けた。

無我夢中で一つ一つのシーンを目に焼き付けるように、それこそ斗和と絢奈のエッチシーンはもちろんのこと、絢奈が修《しゅう》やその家族たちに抱き続けた憎しみを吐露するシーンも全部……全部じっくりと見た。

「…………」

正直、ここまで画面に夢中になるのもおかしな話だ。

だがエンディングが近づくにつれて、俺は段々と思い出していた——自分の身に起きたこと、今まで自分がどこに居たのかを。

「あぁ……そうだったな。俺はもう……斗和だったんだ」

そう呟《つぶや》いた時、頭に掛かっていた靄《もや》のようなものが一気に晴れた。

俺はさっきまで学校で普通に授業を受けていたが、唐突に体調が悪くなり絢奈に連れられて保健室に向かい……そのまま眠りに就いたんだ。

「……ってなるとこれは夢……だよな？　……はは っ」

これがあまりにもリアルすぎる夢だと認識したからか、それともずっと忘れていたことを思い出したからなのか、ふと乾いた笑いが漏れた。

果たしてこの夢から目を覚ました時、彼女のもとに戻れるだろうか？

こうして全てを思い出したことで世界から不要と判断され、修正力の餌食になるように存在を抹消されるだろうか……そんな怖いことを考えると体が震えてしまう。

「もしかしたら……街中や家で黒いフードを被った絢奈を見たり、暗く染まった目をした彼女と思われる声を聴いたのも全てが俺に暗示していたのかもしれない。俺には思い出さなければいけない記憶があると、ずっとそう問いかけてくれていたのかもしれないな」

そう考えると全てが繋《つな》がりしっくりきた。

そんな風に思い出してもゲームをプレイする手は止まらず、ストーリー的には全てが終わってエンディングとなり……二周目をプレイすることを条件として見ることの出来る特殊演出が発生した。

光に向かう斗和と絢奈の姿――しかし途中で絢奈の姿が消えて斗和だけがその場所に残され、光は消えて暗闇となり……あの文字が浮かび上がる。

〝彼女を俺から奪ったのは……俺自身なのかもしれない〟

ある意味そうだなと俺は頷《うなず》く。

厳密にいえば斗和のせいというわけではなく、あくまで斗和を苦しめた人たちの影響によって負の感情を溜《た》め込んだ絢奈は生まれてしまった。

復讐を遂げていく上で段々と壊れていった彼女に、斗和は最後の最後まで気付くことは出来なかった……それ故に、もしも斗和が後から知ってしまったらという心の叫び。

「絢奈は……本当に斗和のことが大好きなんだ。大好きで大好きで仕方なくて、心の底から愛しているからこそ斗和を苦しめた者たちが許せなかった」

椅子の背もたれに背中を預け、俺は一息吐《つ》く。

目を閉じて思考に集中すると目の前で笑ってくれていたあの子が……絢奈の笑顔がチラつく。

「めっちゃ……抱え込んでんじゃゃんかよ絢奈」

絢奈が何かを抱えていることは分かっていた……でも、もしもこうして何も思い出さなかったらと思うと怖くなる。

もちろんゲームと全く同じという保証はないけれど、それでも過去の出来事と照らし合わせれば十分に考えられることだ。

「……そうか。伊織《いおり》たちと楽しそうにしている……そう俺が話した時に少し様子がおかしかったのもこういうことだったんだな」

伊織と真理《まり》は絢奈の直接の復讐対象ではなく、あくまで修を更なる絶望に叩《たた》き落とすために用意された贄《にえ》にすぎず、絢奈にはそれ以上の感慨はないはずだった。

だがそうではなかった――絢奈は普通の女の子のように、二人と話をしたり遊ぶことに喜びを見出《みいだ》していたんだ。

俺がそれを指摘したことで絢奈は自分の抱いていた感情を知り、そんなはずはないとでも思ってあのような反応をしたのだと考えたが、たぶん間違ってないだろう。

「……絢奈……音無絢奈……か」

ただのプレイヤーであれば、それこそ実際に転生という経験をしなかったら俺はここまで彼女のことを深く考えることはなかった。

当然だよな……だってあの子は目の前に居たし、実際に触れ合ったのだから。

『斗和君』

『斗和君！』

『斗和君……』

『斗和君♪』

色んな表情の彼女が脳裏に浮かぶ。

……あぁ、会いたいなとてつもなく……そして何より、彼女と話を……たくさん話をしないといけない。

本当ならこうして夢の力を借りるように思い出すのではなく、自力で思い出して絢奈と話をすればかっこよかったんだろうけれど、まあそれは仕方のない話だ。

「もう一度あのシーンを見るか」

タイトル画面に戻っていたので再びマウスを動かしながら操作し、ギャラリーからシーン鑑賞に入り、エンディングの一つ前のシーンをクリックした。

エロゲというかこういうゲームには珍しいムービーが流れ、黒いフードを被った絢奈がとある公園に訪れていた――この公園はかつて絢奈が斗和と出会った場所であり、ここから絢奈の時間は始まった。

『終わってしまえば呆気《あっけ》なかったですね……み～んな居なくなりました』

コートが汚れるのも厭《いと》わず、絢奈は濡《ぬ》れた木に背中を預けた。

既に絢奈の復讐は終わっており、修や琴音《ことね》と初音《はつね》……そして伊織と真理に関しても物語上の役割は終了しているため絢奈の言葉に嘘《うそ》偽りはない。

『……これで全部終わり……ふふっ、ざまあみろ』

吐き捨てるように彼女はそう言った。

雨に濡れているからなのか、あるいは本当にそれがそうだったのかはわからないが、彼女の頬を流れる雨の雫《しずく》が復讐を終え、心がボロボロになってしまったことによる無意識の涙ではないかと俺は思った。

『斗和君のもとに帰りましょう。これで斗和君を傷つける者は誰も居ない……これでようやく斗和君は誰にも傷つけられない日々を手に入れた。そして私はそんな彼を傍《そば》で支え続けるだけ……それは幸せな日々だよ絶対に』

人の幸せの行き着く先は千差万別、目的を達成したからこそ絢奈は幸せが訪れると疑っていない……絢奈は絶対に表情に出さないし態度に現れることもない。最後まで彼女は斗和の傍で尽くし続ける覚悟を決めたんだ。

「もしも俺が斗和なら……いや、反則技だけどこのことを知っていたとしたら彼女に何をしてあげられるんだろうって、よく考えたな」

こんなエンディングを見せられたら……それこそ絢奈のことを大好きになってしまった身としては、どうすれば彼女が本当の意味で笑うことが出来る未来を手繰り寄せられるのか、それをずっと考えていたことも思い出した。

「ただの自己満足だ。でも……こんな未来を彼女に歩ませるのは絶対に嫌だから」

グッと強く握り拳を作る。

物語において斗和は何も知らず、絢奈も何も斗和には悟らせない……それはつまり絢奈だけがこの事実を抱えながら生きていくことを意味している。

誰とも共有出来ず、誰にも相談出来ず……だからこそ我慢していくことが更に絢奈の心を壊し続けていく。

「そんなの辛《つら》すぎるだろうどう考えても」

復讐をすることで晴れる気持ちはあるだろうし、絢奈に直接問い質《ただ》したわけでもないので彼女の真意は分からない……でも、俺は雨が降りしきる公園の中で辛そうにしている絢奈の表情がどうしても忘れられない。

「幸せと辛い……漢字は似てんのに圧倒的なまでに違いがあるよなマジで」

そんな当たり前のことを考えて苦笑し、俺はパシッと両頰を叩いた。

思い出すまで長かった……いや、期間的には短かったのかな？　でももう忘れることはない。俺は全部思い出した！

「どう変えられるかは分からない。けれどやらない後悔よりやる後悔の方が絶対良いに決まってる。それに既にいくつか変わっていることもあるからな」

ファンディスクをプレイするにあたり、絢奈の回想も併せて知れたことは多い。

その大きな一つが修や伊織と真理と一緒に作業したあの時間、そして星奈《せいな》さんに出会ったこと……これらは全て本来であれば存在しないイベントだった。

それこそが動き方一つで道筋は簡単に変わるということと、予《あらかじ》め用意された道筋を歩むプログラムではない——絢奈たちはちゃんと現実の中で生きていることの証《あかし》だ。

「……そうは言ったものの、どうやったら目が覚めるんだ？」

俺は懐かしいかつての自室の中でそう呟く。

まさか夢の中でどうすれば目を覚ますことが出来るのか、そんなことを悩む日が来るとは思わなかったが……割とマジで困ってる。

パソコンの電源を切り、椅子から立ち上がって一先《ひとま》ず周りを見渡した。

「つうか……俺ってどうやって転生したんだ？」

転生するということは前世で死んだということ……よくよく考えれば俺はどうして死んだのかも分からない……一瞬、それを考えた時に頭上から鉄骨が降り注ぐ瞬間を幻視したけれど、今となってはもう考えても仕方のないことだ。

なんて、そんな風に考えていた時だった——周りの景色が急に変わり、俺の部屋ではなく真っ暗な闇の中にいた。

ここは……どこだ？

「なんだ……？」

真っ暗……本当に何も見えない。

手を伸ばしても何も触れることは出来ず、声が反響するかのように木霊《こだま》して少し不気味ではあるのだが……それでも不思議と怖いとは思わなかった。

「……誰か、居たりする？」

そっと呟いてみても当然ながら反応はない……そう思っていたのに、まさかの返事があったことで俺は思いっきり体を震わせた。

「居るぜ？」

「誰だっ!?!?」

咄嗟《とっさ》に振り向いた先に居たのは一人の男だった。

……だが、今の声には聞き覚えがあった……だって今の声は……いや、こいつはもしかして……っ⁉

「あ……お前は──」

「ははっ、随分と不思議なもんだな……自分と同じ顔をした人間と話すのは」

おそらく、今の俺の驚きは想像を絶するもののはずだ。

自分でそう言うのもおかしな話ではあるが、この出会いは本来であれば絶対にあり得ないものだから。

「……斗和？」

「あぁ……こうして会うのは初めてだな？」

雪代《ゆきしろ》斗和──修から絢奈を奪ったと思わせ、その実は彼女に一途《いちず》な愛を抱き……そして俺が成り代わってしまった存在がその場に居た。

「…………」

目の前に立つ彼を見て俺は唖然《あぜん》とする他なかった。

斗和となってからは鏡でもどんな瞬間でも、ずっと俺自身が付き合ってきた顔とはいえ、こうして相対するとやはり彼は俺ではない他人だと理解した。

それを理解してしまうと、自然とある言葉が俺の口から漏れた。

「……すまなかった。お前の人生を俺は――」

謝罪だ……だが、奪ってしまったと続ける前に彼が……斗和が俺の肩に手を置いてその先を言わせてはくれなかった。

下に向けていた視線を上げると斗和は笑っていた。

「その謝罪は全く必要のないものさ。ある意味で君がこの世界にやってきたこと、それは俺にとっても願ったり叶《かな》ったりだったから」

「それは……どういうことだ？」

俺が斗和になったこと、彼の人生を奪ったことが願ったり叶ったり……？

一体斗和が何を言いたいのか分からなかったが、すると彼は、それもそうかと苦笑して言葉を続ける。

「全部が終わって初めて気付けることも多くてさ。その中で俺が知ったのは絢奈がずっと苦しんでいたこと。俺の前では普通にしてるんだけど、ふとした時に陰りのある表情をするんだ。どうしたのかと聞いても教えてくれなくて、彼女は結局最後まで教えてはくれなかった」

「それは……って、あれ？」

斗和が口にした言葉に感じた僅かな違和感、そしてジッと彼を見ている中でも感じた違和感があった。

目の前に立つ彼は確かに斗和――だが、どこか大人びているようにも見えた。

高校生の斗和より少し歳《とし》を取ったような……そこまで考えて、俺はもしかしてと彼に問いかける。

「まさか……未来の斗和なのか？」

斗和は頷《うなず》く。

「そう……愚かにも絢奈の心の闇に気づくことが出来ず、彼女を傷つけてしまった馬鹿な斗和だよ」

そう言って斗和は拳を強く握り、悔しそうに吐き捨てた。

だがそれに関しては正直、仕方ないだろうと今では思える……俺の場合はある程度彼女の心に踏み込めたようだけど、目の前の斗和はそもそもこの世界のことを知らないし、更に絢奈があまりにも上手《うま》かったんだ、本心を隠すことに。

「俺は……絢奈を救ってやれなかった。気付けても気付けなくても、俺の傍に居た彼女はもう全てを終えてしまった。心をすり減らしながらも俺のためだと、そう自分を慰めて……そうして心を壊してしまったんだ。あの子は……絢奈はどこまでも優しい子だから」

そこで一拍置くように息を吐いた後、斗和は更に言葉を続けた。

「俺はおそらく心の中で願ったんだろうな。絢奈を救ってくれる人を……絢奈の心を守ってくれる存在を」

斗和は俺をジッと見つめそう言った。

それが俺だったって？　それは随分と重たい役目だなとため息を吐《っ》く……けれどそうだったのか。

この先の未来を知ってどうにかしたいと願った俺、過ぎ去った過去を悔やんで誰でもいいから絢奈を救ってほしいと願った斗和……そんな俺たちの気持ちが重なったからこその今みたいだ。

「そんな都合の良い話があるかよって感じだけど、実際に俺はお前になっちまったからな」

「俺だって同じだよ。こう言うのは悔しいけど、今の段階でも俺の時と違って絢奈の心には綻びが出来てる——必ず助けられる」

助けられる、その言葉を他ならない斗和から聞くと大きな安心感があった。

今度は俺がグッと握り拳を作った。

「何か特別なことを絢奈にしてあげられるとは思わない。俺に出来ることはあの子と真剣に向き合い話をすることだけだ」

「それで良いんだ。俺の時はそれさえも出来なかったから……」

そうして斗和は下を向いた。

……なんだろうなこの感覚……目の前でイケメンがいつまで経《た》ってもウジウジメソメソしてるのはどうも気に食わない。

少しだけムカついてしまった俺はそれなりに強い力で彼の背中を叩《たた》く。

パシンと小気味のよい音を立て、斗和は痛そうに声を上げた。

「あいたっ⁉」

「辛気臭い顔をすんな！　嫌だわ、すぐ傍《そば》でそんな顔ばかりされるのって」

彼の体に居座って何を言ってるんだって思われるかもしれないが、それはそれこれはこれだ。

「絢奈を助けてハイ良かったためでたしめでたしとは行かない。もうこの世界はゲームじゃねえんだし、約束されたエンディングも存在しない。修の家族のこととか、それこそ星奈さんのこととか色々あるんだぞ？」

「それは……うん、頑張って」

「他人事《ひとごと》かよ！」

もう一発、パシンと叩いておいた。

「何度も言うが俺は絢奈を助けたいだけだ……仮にどんな方向に転んだとしても俺の意識は残り続けるのか、なんてことを思わないでもないんだがな」

「それは大丈夫だよ。君だってもう気付いているはずだ——魂が混ざり合って君はもう斗和として生きることに違和感がないことを……それはつまり、この世界に生きる君はもう君自身でもあるんだ。だから現状に君が罪悪感を抱く必要はないし、さっきみたいに謝るなんてこともしなくて良いんだよ」

トントンと、肩を叩かれながらそう言われた。

俺はしばらく斗和を見つめていたが、彼の言葉はどこまでも真《ま》っ直《す》ぐで……だからこそ、俺も分かったと強く頷いた。

「でも結局、残された問題の対処は多いし……そこは丸投げなんだろ？」

「…………」

サッと視線を逸《そ》らした斗和に俺はそうかそうかと拳を上げかけ、なんとか堪《こら》えるように腕を下ろす。

斗和は殴られても仕方ないと言わんばかりにジッと見ていたが、まあ彼を殴ったところでどうこうなるものでもないし、そもそもやはり俺が殴ってしまうのもお門違いだろうからな。

「……うん？　まさか――」

そこで俺は一つだけ、こうして彼に会えたことで気になることを聞いてみた。

「俺さ、時々不思議な光景を目にすることがあったんだが……あれは俺の記憶が思い出せって見せてくれたものだと思ってたけど……まさか斗和が？」

「ううん、それに関しては何もしていないよ。これから歩む絢奈の未来、それを知っている君だからこそ彼女を救いたいっていう気持ちが見せたんだ」

だとしたら俺の気持ちも捨てたもんじゃないなって、前の世界だと笑われそうなことでもこっちなら自信を持てるんだなって心から思えるよ。

「絢奈と正面から話をするだけとは言っても……どうすっかねぇ」

う～んと悩む俺を見て斗和は笑っている……こいつめ、後は俺次第とか思って気楽に考えてやがるな？

「そう睨《にら》まないでくれよ。俺がもう絶対に出来ないことを君に託す悔しさもあるんだからさ」

それは……って、ここで俺がまた落ち込んでも斗和を困らせるだけだ。

それから少しばかり斗和と話し込んでいると、闇の中に光が差し込んでくる――どうやらお別れの時間が来たようだ。

「大丈夫だ。俺も負けるつもりはないけど、絢奈を強く想《おも》う君なら必ず最高の未来を手繰り寄せられるはずだ──頑張れ、雪代斗和」

「斗和……あぁ！　分かった！」

お互いに斗和って呼び合うのも面白い光景だが、俺は予感している──夢とはいえもう彼と会うことはないんだってことを。

それを思えば寂しくもないし悲しくもない……あぁ、なんか不思議な気分だ。

俺という存在がもっと斗和と混ざり合ったような……まるで、もう俺が斗和になった存在であることを悩むなと暗に言われている気分だ。

「その様子だと全然大丈夫みたいだね。そもそも俺たちは……いや、一つだけ少し力になれるかもしれないことを言わせてもらうよ」

「お、なんだ？」

何か有益な情報でもくれるのだろうか……俺は斗和の言葉に耳を傾ける。

「かつて俺がサッカーを心から楽しんでいたのはもう知ってるよな？」

「あぁ。俺の記憶にも、体にも心にも刻まれてるぜ？」

「どうかあの子の前でサッカーをしている姿を見せてあげてほしい。事故によって止まっている絢奈の時間を動かしてほしいんだ──過去に囚《とら》われる必要はない、前に歩き出そうって――」

そこまで言って斗和はハッとするように苦笑し、頭を掻《か》きながら言葉を続けた。

「ごめん……これは俺の願望だったかな。言ってて気付いたよ」

「……いや、確かにかつての絢奈を考えたら良いかもしれない……いや、絶対に良いに決まってる。過去に囚われるな、前に進もう……か。良い言葉じゃんか」

過去に囚われるな……前に進もう……うん。本当に良い言葉だ。

でも……一つだけ不安があるぞ？　俺もさっきの斗和同様にやれやれと頭を掻きながらその不安を口にした。

「その……お前の案に頷いた後で悪いんだが、俺にサッカーの経験はないぞ？」

「その点もたぶん大丈夫だ。体が覚えてると思う」

「へぇ……便利なもんだな」

体に残った記憶って凄《すご》いんだな……。

そうこうしていると辺りがかなり明るくなり、斗和の体も段々と透けていく……本当にこれでお別れの時みたいだ。

「それじゃあな――絢奈を頼む」

「任せとけ……それと、他のことも俺なりに頑張ってみるよ。絢奈を救うことが出来れば伊織や真理たちも大丈夫なはず……修に関しても決着は付けるつもりだ。琴音や初音さんたちはちょい怖いけどな！」

なんにしてもまずは絢奈だ――俺なりに、あの子の心を守ってみせる。

俺の決意を聞いて斗和は満足そうに微笑《ほほえ》み頷いた……そして、最後にトントンと俺の肩を最初みたいに叩く。

「君を見ていたら俺も頑張れる気がしてきたよ。壊れてしまったあの子を、俺も自分に出来る範囲で支える」

「……それは」

どういうことだ？　そう聞く前に斗和の姿が消えていく。

だが最後の最後まで、彼の言葉は俺の耳に届いていた。

「君の納得のいく結末を祈ってる……それと最後に、ありがとう――」

そうして、俺は斗和との邂逅《かいこう》を経て目を覚ました。

▽▼

「……斗和君、落ち着いたようですね」

ベッドの上で眠る斗和君に、先ほどまでの苦しそうな様子は既に見られない。

そのことに安心して時計に目を向けると、授業が始まってもう二十分ほどが経過しており、相坂《あいさか》君に伝えたように戻れなかったなと苦笑する。

「先生には感謝ですね。本来なら教室に戻れと言われるところなんですが……」

斗和君は横になってすぐ、ぐっすりと眠りに就いた。

私はそれを見届けて教室に戻るつもりだったけれど、私の手を握ったまま斗和君は放してくれなかった……そうして困っていた私に、保健の先生からありがたい提案をしてくれた。

『本当なら私からこういう提案はダメだと思うのだけど、一限くらいはサボって……じゃなくて雪代君の様子を見ていたらどう？　何の授業なの？』

『英語です』

『英語だとあの先生ね。私から言っておくわ』

こんなやり取りがあって、私は斗和君を傍で見守らせてもらうことにした。

「…………」

でも……本当に何もなさそうで良かった。

顔色も良くなって安らかな寝顔をしている斗和君をジッと見つめてみる……いつもはかっこいいのに、やっぱりこのあどけない寝顔は可愛《かわい》くて最高です。

「ふふっ♪」

他の人たちが授業をしているこの時間に、大好きな人と一緒に授業から離れていることに少しだけ高揚する……はぁ、私ってイケナイ子ですね。

それから私はしばらく斗和君の顔を眺め続けた。

彼の顔を覗《のぞ》き込みながら手を握っているだけ……そのことに幸せを感じつつも、私の心を乱す言葉が脳裏に蘇《よみがえ》る。

『絢奈は……今、幸せか？』

そう斗和君に問いかけられたことだ。

私は幸せ……幸せに決まっている……彼の傍に居られること、それを今こうして実際に経験している私が幸せでないはずがないのに……どうしてあなたはそんな問いかけを私にしたの？

ギュッと彼の手を握る指に力が入りそうになり、ハッとして力を緩める。

「っ……幸せですよ。幸せ以外にないじゃないですか……だから私はあなたにもっと幸せになってもらいたいんです。誰もあなたを傷つける人が居ないように……」

そのために……私は……っ！

私はそこで息を吐《つ》いて視線を巡らせた。

先生は少し用があるとのことで席を外し、他に体調の悪い生徒も居ない今は私と斗和君の二人だけだ。

「ダメですね。マイナスなことを考えるから気分が落ちるんです！　ここは斗和君の可愛い寝顔をたくさん眺めることにしましょう！」

大好きな人を眺めていれば気分は落ち着いてくる……だからなのか、眠っている斗和君に誘われるように私も眠くなってきてしまう。

口元を押さえて欠伸《あくび》を噛《か》み殺すも、どうも眠気が凄《すさ》まじく強い。

「……どうせこの時間は教室には戻らないつもりですし……良いでしょうか」

いつもならこんなことはないのにと思いつつ、我慢してもうつらうつらと頭が揺れてしまい……私は座り心地のよい椅子の背もたれに体重を預けるように、気付けば目を閉じていた。

▽▼

「……え？」

斗和君の傍《そば》で眠ったはずの私は気付けば妙な場所に居た。

周りは暗く視界がハッキリしない空間の中……ここはどこだとパニックになるようなことはなく、私はこれがすぐに夢だと気付いた。

「夢……暗い空間……ふふっ、まるで私の心を表しているようですね」

そう言ってハッとした。

私はどうしてこんなにも薄暗い空間を自分の心だと表現したのだろう……自分自身の心を表現するなら、こんな空間よりももっと明るいはず……だってそれが私が斗和君に伝えた幸せの色のはずだから。

「……不愉快ですね。なんですかこの夢は――」

おそらく今の私は他人には……それこそ斗和君にすら見せられない表情をしているに違いない。

つい舌打ちが出そうになって……ううん、普通に舌打ちをした。

チッと音が響き渡りそれが合図になったかどうかは分からないが、暗かった空間に変化が起きた――ガシッと、何かが私の足を掴《つか》んだのだ。

「……え？」

それは一人の女性……その顔には見覚えがあった。

まるで沼の中から手を這《は》い出すように……私の足を掴んでいるのは――。

「……本条《ほんじょう》先輩？」

　そう、そこに居たのは本条伊織だった。

　普段から身嗜《みだしな》みを整えている彼女とは思えないほどに衣服は汚れ、髪の毛はパサパサでなにより異臭を放つ彼女は本当に彼女かと疑いたくなる。

「何ですかあなたは……っ……あれ？　少し……大人っぽい？」

　そしてもう一つ気付いたのは私が知ってる本条先輩よりも大人っぽかった。

　まさかこんな不可思議で不愉快な夢の中でわざわざ今より大人の彼女を見せるなんて一体……そう思っていた時だった――彼女は……本条先輩は私を睨《にら》みつけながら口を開いた。

「あなたは絶対に幸せになんてなれないわ……絶対にね」

「……はっ？」

　私が幸せになれない……？

　一体何を言っているんだこの人は……私の幸せなんて二の次で良い……斗和君が幸せになってくれたらそれで良いんだから。

　だからたとえ幸せになれないと言われたところで響くことはない……そう思って、これが夢だからこそ彼女の頭を踏み潰してやろうとしたその時だ。

『彼女を俺から奪ったのは……俺自身なのかもしれない』

「……え？」

　私の足を掴む本条先輩の姿が消えたかと思えば、今度は背後から彼の声が聞こえた。

　この暗闇の中で聞こえた彼の声は私の心を癒《い》やし、そして照らしてくれる希望の光に等しい……サッと後ろを振り向くとそこにはやっぱり彼が居た。

「斗和君！」

　駆け寄って手を触れようとした時、私は何故《なぜ》か伸ばしかけた手を引っ込めた。

　どうしてか分からない……でも、何故か私は目の前の彼が斗和君ではないと一瞬だけ思ってしまったのである。

（ううん、違います……彼は斗和君ですけど、私が寄り添いたいと思う彼ではないような……なんですかこの違和感は――）

　背中を向けている彼は……斗和君で間違いはない。

　でもどうして私は目の前の彼と、普段傍に居てくれる彼を比べたのだろう……そんなよく分からないことを考えていると斗和君が振り返った。

「あ……」

　振り返った斗和君は確かに斗和君だった……けれど斗和君は今にも心が押し潰されてしまいそうなほどに辛《つら》そうな表情をしている。

ている の!?

……どうして、どうしてそんな顔をしているの？　どうしてそんなに泣きそうな顔をし
ているの!?

「斗和君……っ！」

分かっている……これは夢で、目の前の斗和君は違うと分かっている。
それなのに……それなのに私は手を伸ばさずにはいられなかった……だって私がこの世界で一番見たくないものは斗和君の悲しむ姿だもの！
もうあんな姿は見たくない……ベッドの上で涙を流し、悲しみに暮れるようなあの顔を私は見たくないんだ！

「斗和君……？」

必死に腕を伸ばすも空を切り、斗和君の姿は消えた——でも、彼の声だけはまだ私の耳に届く。

『あの子は……絢奈は俺のことを想《おも》って行動した。自分の心を押し殺して……必死に傷つく自分を見ないようにして』

ドクンと、心臓が大きく跳ねた。
居なくなった斗和君の代わりのように一つの映像が流れる……それはまるで未来を映しているかのように、修君と密接な関係にある女性たちがその体を蹂躙《じゅうりん》されていく映像だ

——これは全部、私が必ずやってやろうと考えていることだった。

初音さんや琴音ちゃんは言わずもがなだけど、本条先輩と真理ちゃんに関しては単純に修君を絶望させるため……っ。

「なんで……」

キュッと胸が痛くなり手を当てた。

不愉快……不愉快不愉快不愉快不愉快……見たくもないし聞きたくもない……それなのに斗和君の声が私にはずっと聞こえている。

『本当の意味で優しい絢奈を奪ったのは俺自身だ。俺がもっと早く気付ければ……それこそ絢奈ともっと話をしていれば良かった……くそっ……くそっ!!』

「やめ……やめて……っ！」

お願いだから私の名前を出して悲しそうにするのはやめて……それじゃあ私がやろうとしていることが斗和君を傷つけてしまうみたいじゃないか！

あれっと、そこまで考えて私は目を見開きハッとする。

「このままじゃ……斗和君は幸せになれない……？　私が斗和君をこんな風にさせてしまうの？　私が斗和君を悲しませるの……？」

斗和君は優しい……だからこそ、私がしようとしていることは絶対に言えない。

彼に悟られないように終わらせる……それで斗和君を傷つける存在は居なくなるし私にとっても鬱陶しいと思える存在を排除出来る。

それでも周りの変化の全部を誤魔化《ごまか》すことは出来ないから私がそこはしっかりと斗和君に寄り添えば良い……幸せな夢を提供するように忘れさせてしまえば良いと思っていたのに……どうしてこんな光景を私に見せる!?

「……私は……私はそれでも……っ」

両手で頭を押さえながら、私はもがくようにそれでもと口にしてふと気付いた。

私は斗和君の幸せ云々《うんぬん》よりも、ただただ彼を傷つけた人たちに対して私自身がこの胸に抱く憎悪を叩《たた》きつけたいだけなのではと……そう思ってしまった。

私は斗和君のために行動しているだけ……本当にそう?

自分の抱いている憎しみを晴らしたいがために、斗和君のことを免罪符にしているだけではないのか……そこまで考えたところで私は目を覚ますのだった。

「……っ」

「あら、起きたの？」

「先生……？」

目を覚ました私に先生が声を掛けた。

寝起きだからか少し頭がボーッとしていたものの、私を見つめる先生とベッドで眠り続ける斗和君を見たら完全に目が覚めた。

「って音無さん？　今度はあなたの方が少し顔色が悪くない？」

「えっと……全然大丈夫です。その……ちょっと嫌な夢を見てしまって」

「そうなの？　う～ん、音無さんがそう言うのなら大丈夫なのかしらね」

そう言って先生は斗和君の顔を覗《のぞ》き込んだ。

「雪代君も大分顔色が良くなったじゃないの。ただの寝不足だったのかもしれないわね？　寝るのが遅かったのか、あるいは寝る前に運動でもしたのかしらね」

「……あ」

寝る前の運動と言われ、心当たりがあった私はまさかと声を出す。

ただ幸いにも斗和君の様子を真剣に先生は見ていたため、私の声に気付くようなことはなかった。

時計を確認すると、五十分程度眠っていたことが分かった。

「授業……ちょうど終わりそうですね」

「そうね。もうすぐチャイムが鳴るだろうし、音無さんはもう戻りなさい」

「分かりました。斗和君のこと、よろしくお願いします」

「任せてちょうだい」

斗和君、早く体調を治してくださいね？　いつもの元気な姿を私に見せて安心させてください。

「……それじゃあ失礼します」

本当ならもう少し傍《そば》に居たかったけれど仕方ない。

保健室を出た後、私は真っ直《ま》ぐ《す》に教室に向かう――その間、私の頭の中を埋め尽くしていたのは斗和君のことともう一つ……あの夢のことだ。

「……どうしてこんなにも細かく覚えているの？」

夢の内容は全て覚えていた。

どうせなら全部忘れさせてくれれば良かったのに……そう思わせるほどにあの夢は良い夢とはいえない。

廊下を歩いているとチャイムが鳴って授業の終わりを知らせてくれた。

教室に入ると友人たちが斗和君の様子を聞いてきたので、私は彼がぐっすりと眠っていることを伝えた。

「そうなの？　良かった」

「雪代君に何かあったら絢奈が泣いちゃうもんね！」

「ふふっ、みなさんにも心配をおかけしました」

友人たちの後、相坂君も私のもとに来て斗和君のことを聞いた。

「今の聞いてたけど、雪代に何もなさそうで良かったぜ」

「はい。相坂君にも心配をかけましたね」

そういえば……私は意識していなかったけれど、相坂君に少し強く言葉を言ったかもしれないことを思い出す。

だいぶ怖い顔をしていたかな……？

まあでも、それだけ私も必死だったということだ。

「絢奈」

「………………」

相坂君が席に戻った後、やっぱり彼も……修君もやってきた。

「斗和は大丈夫だった？」

「はい。何も心配は要りませんよ」

そう伝えると修君は分かりやすく安心していた。

とはいえ、こんな風に多くの人に心配される斗和君は……やっぱりその人柄が多くの人に好かれているんだなと思うと、まるで自分のことのように嬉《うれ》しくなる。

「ね、ねえ絢奈」

「何ですか？」

そのことに小さく微笑《ほほえ》んでいると何やら修君が頬を掻《か》き照れ臭そうにしていた。

それからしばらく彼は黙ったままの時間が続き、やっぱり何でもないと言って首を振った。

「ごめんね。あぁでもそうだ！　昨日の夜なんだけど、ありがとう電話に出てくれてさ。嬉しかったよ」

「あ〜そのことですか。別に構いませんよ」

「やっぱり夜に絢奈の声を聴けると気持ち良く寝れるよ。ずっと聞いていた絢奈の声だからなのかな？」

「さあ、どうでしょうかね」

正直、心底どうでも良い会話に若干返事がおざなりになってしまう。

それというのもさっきからずっと、修君だけでなく相坂君や友人たちと話している際にもあの夢のことを考えていたからだ。

修君はそんな私の返事が気に入らなかったのか、こんなことを口にした。

「絢奈はさ……斗和の心配をしすぎなんだよ。絢奈がそこまでしなくて良いだろ？」

「……何が言いたいんですか？」

その声は自分でも驚くほどに低かった。

修君は肩を震わせるようにした後、それもやっぱり何でもないと言って逃げるように立ち去った。

「…………」

修君がどう思ったのかも、彼が逃げたことも本当にどうでも良かった。

それから授業が始まっても私は授業に集中出来なかった……ずっとずっと、脳裏であの声が響き続けていた。

『あの子は……絢奈は俺のことを想って行動した。自分の心を押し殺して……必死に傷つく自分を見ないようにして』

そんな斗和君の声が何度も何度も、何度も何度も何度も聞こえる。

気にする必要なんてない……あんなよく分からない夢のことなんて気にしなくて良いはずなのに……それでも、私の大好きな人の声がずっと木霊《こだま》し続ける。

（私のしようとしていたことは……ダメなことなの？　斗和君に酷《ひど》いことを言ったあいつらを苦しませてやるのはダメなことなの……？　だってあいつらが居たら斗和君はこれから先ももっと苦しむじゃない……っ！）

私はあの時から、斗和君が病室で泣いたあの日から決心した。

斗和君を傷つけたあいつらを……関係のない人間を巻き込んででも終わらせてやるとそう思ったのに……その私の行動が斗和君を傷つけるのだとしたら私は一体何のために今まで準備をしてきたの？

愛する人のために邪魔になる存在を掃除する……それが逆に愛する人を苦しめてしまう未来があるかもしれないことに、私はどうすれば良いのか分からなくなってしまった。

助けてよ斗和君……そう心の中で無意識に呟《つぶや》いてしまうほど、私は斗和君に慰められたくてたまらなかったんだ。

6章

「……絢奈《あやな》？」

ふと目を覚まして上体を起こした時、俺は彼女の名前を呼んでいた。

何故《なぜ》かは分からないけれど、彼女に助けを呼ばれたような……助けてと言われた気がしたからだ。

ただ目を覚ました俺を迎えてくれたのは絢奈ではなく先生だった。

「あら、音無《おとなし》さんじゃなくて残念だった？」

「えっと……そういうわけじゃなくて」

「ふふっ、冗談よ。でも体調の方は良くなったみたいね？　ここに来た時より顔色が良いわ」

「疲れが溜《た》まってたのかもしれないっすね。この通りもう大丈夫っす」

マッスルポーズでアピールすると先生はクスッと笑った。

ただ、俺は時計を見て驚愕《きょうがく》する——何故なら俺が保健室に来てから数時間が経《た》っており、既に昼休みになっていたからだ。

「随分と寝てたんですね」

「チラッと見る度に可愛《かわい》い寝顔だったから私としては癒《い》やしだったわよ？　それと音無さんにちゃんとお礼を言うのと、早く元気な姿を見せて安心させてあげなさい。休み時間の度に来ていたんだから」

「分かりました」

絢奈が……確かにいきなり調子が悪くなったものだし、彼女には随分と心配を掛けてしまったようだ。

先生に再度頭を下げてお礼を言った後、保健室から出ようとしたその時だった。

扉に手を掛けた瞬間、ガラッと音を立てて扉が開いた。

「あ……」

「あ……」

お互いにあっと声を出して見つめ合い固まる。

扉を開けて現れたのは絢奈だ——まだ昼休みになったばかりとはいえ、昼食を摂《と》る前に俺の様子を見に来てくれたみたいだ。

「斗和《とわ》君！」

「おっと」

ドンと、それくらいの衝撃を与えるほどの強さで彼女は抱き着いてきた。

後ろの方でニヤニヤしている先生の雰囲気を感じつつ、絢奈の肩に手を置くと彼女は顔を上げたのだが、そこで俺はあることに気付く。

「絢奈……何かあったのか？」

そう聞くと絢奈は大きく目を見開く。

そのリアクションで何かがあったことは明白だが、俺は何となくその後に続く言葉が分かってしまう。

おそらく彼女はこう言うはずだ――何でもないと。

「ふふっ、何でもないですよ？　斗和君のことで心配しすぎただけです♪」

思った通りの答えで逆に驚きも何もなかったが、最後に笑ってくれた笑顔でさえも彼女の強がりであることを察した。

（……これが斗和の言っていた絢奈の心の綻び……なのかな？　まあ良い、なんにしても絢奈とちゃんと話をするんだ）

夢の中で斗和に会ったこと、そこで話したことは全て覚えている。

あれが本当にただの夢で俺の妄想だという可能性も捨てきれないが、ここまで来てそれはないだろうと確かな感覚でそう思える。

「二人とも、イチャイチャするのは良いけど昼食はしっかり食べなさいよ～？」

「あ、はい」

「すみません」

抱き合っていた俺たちはすぐに体を離して保健室を出た。

流石《さすが》に学校の廊下ともなると絢奈からのアクションはそこまでではないが、彼女に目を向けているとチラチラと視線が合うのはお約束であり、その度に俺たちはどちらからともなく微笑みを浮かべる。

そうだ……俺はこの笑顔を守るんだ。

決して強がるような笑みではなく、何かを隠す仮面を張り付けたような笑みでもなく、この純粋な笑顔をこれから先も守っていくんだ……そのためにも、俺は絢奈と話をしなくちゃならない。

「なあ絢奈、今日の放課後なんだけど時間をもらって良いかな？」

「全然大丈夫ですよ？　斗和君のためでしたらいくらでも時間なんて用意します♪」

「ははっ、ありがとう絢奈」

放課後の絢奈との約束を無事に取り付けて教室に戻った。

教室に戻るとクラスメイトが何人も近くにやってきて声を掛けてくるので、それだけ心配をさせてしまった申し訳なさを感じつつも、ここまで多くの人に心配してもらうことの嬉しさを改めて感じた。

相坂《あいさか》は当然のようにすぐやってきたし、修《しゅう》も声を掛けてくれた。

ただ……修に対して絢奈が少し睨《にら》むような表情だったのが気になったものの、敢《あ》えて何も聞くことはしなかった。

「お、雪代《ゆきしろ》は戻ったな。体調を悪くしたと聞いたから心配したぞ？」

「もう大丈夫っす！」

「よし分かった。今日は当てないでおくから気を楽にして授業を受けなさい」

おっと、それはつまり寝ても良いと言っているのと同じでは……なんてことを考えてすぐにそんなわけあるかと自分で自分にツッコミを入れる。

俺と先生のやり取りにクラスメイトがクスクスと笑い、その後はいつも通りの授業となった。

（……やっぱりこうして思考に没頭出来ると色々と考えられる。どうやら俺は今まで以上に斗和の魂と混ざり合ったみたいだな）

元々、斗和として生きることに違和感を抱くことはなくなっていたが……夢で斗和に言われたように、俺はもうほぼほぼ完全な形で斗和としてこの世界に定着しているようだった。

もしかしたら、あの夢での邂逅《かいこう》が最後の一押しだったのかもしれない。

夢から覚めた時に俺は再び斗和として意識を取り戻すのか少し不安だったけど、それもまた全くの杞憂《きゆう》だった……後は俺自身が最善の未来を手繰り寄せるだけだ。

(前に進むために、俺と絢奈の曖昧な関係をハッキリさせるために……力を貸してくれよな斗和)

せめて、それくらいはお願いをしても構わないだろう？

もう既に俺の声は彼に届かないかもしれないが、どこか胸が温かくなった気がして俺はクスッと笑い安心するのだった。

それから放課後まではあっという間だった。

荷物を纏《まと》めていると伊織《いおり》が教室に現れ修を連れていったのと同時に、絢奈が鞄《かばん》を手にやってきた。

「絢奈、四時半くらいにあの公園に来てくれ」

「あの公園に……分かりました。その、デートじゃないんですね？」

「あはは、悪いな期待に沿えなくて」

「そんなことはありませんよ。では、その時間に向かいますね」

「頼む」

手を振って教室を出ていった絢奈の背中を見送り、俺はふうっと息を吐《つ》く。

こうして約束を取り付けた以上はもう逃げられないか……まあそもそも逃げるつもりはないし、絢奈と今度こそしっかり話をするという決意は揺るがない。

一旦トイレに行った後、俺は学校を出て真《ま》っ直《す》ぐに帰宅した。

鞄をリビングのソファに置いて冷蔵庫に向かい、ペットボトルのジュースを手に取って飲んだ。

「……ぷはぁ！」

喉が潤うと同時に体が冷たい刺激を受けて気持ち良い。

時計を見てまだまだ余裕だなと確認をした後、俺は物置へ向かった。

「へぇ……埃《ほこり》で汚いかと思ってたけど結構綺麗《きれい》なんだな。母さんがこまめに掃除をしているのか」

基本的にあまり用がない場所なのである程度の汚れと埃は覚悟していたが、思っていたよりも綺麗だった。

物置の存在も、何がどこにあるかも本来であれば俺は知らない。

でも、こうして斗和との繋《つな》がりが本当の意味で強くなったからこそ、こういうことも分かるようになっている。

「あ、あった」

今、俺が探していたもの——それはサッカーボールだ。

「よう相棒。随分と長い間放っておいたな」

夢の中で斗和にも伝えたが俺にはサッカーの経験はほぼない……それでも、こうして手に取ったボールは長年連れ添った戦友みたいに思えるから不思議だ。

「それじゃあ行くとしますかね」

最後にグッと気合を入れて俺は家を出るのだった。

サッカーボールを脇に抱えながら歩いているこの時間は自分でも驚くほどに落ち着いており、緊張は一切なかった。

「…………」

いや、緊張が一切ないというのは嘘《うそ》かもしれない。

まあでも俺は俺の出来ることをやるだけだ——絢奈が抱く心の闇を晴らし、今まで続いていた彼女との中途半端な関係を終わらせ、本当の意味でお互いが前へ進むために……そ

のための一歩を二人で歩むために、俺は公園へと向かった。


しばらくして公園に着いた。

まだ五時にもなっていない時間帯だが、今日に限っていえば他に誰の姿もなく、精々が公園の外の道を歩いている人影程度だった。

俺は持ってきたサッカーボールを草陰に置き、改めて気持ちを落ち着かせるために深呼吸をして公園を眺めた。

「……斗和の……いや、俺たちの始まりの場所か」

目を閉じれば昨日のことのように……自分が斗和であるからこそ思い出せる。

とある休日、家に居るのが退屈だったので知り合いのおっちゃんが営むゲーセンに行こうと家を出た——そうして通りがかったこの公園で出会ったのが絢奈だった。

『一人で何してるんだ？　目がすっげえ赤いけど……って泣いてるのか⁉』

そう言って顔を上げた絢奈を見た時、そこから俺たちの時間は始まった。

あの時は分からなかったけれど、今になれば分かることがある。

「……あの時から好きだったんだな……絢奈のことが」

それは一目惚《ひとめぼ》れに近い感覚なのか？　ちょっと違う気もするけど、ある意味であんな風に絢奈と出会ったのも一つの運命といえるんだろう。

「あの時から本当に何年もずっと一緒だったな……どんな時だってあの子は傍《そば》に居てくれたんだ」

どんな時だって絢奈は居てくれた。

今までも……そしてこれからもそれを望んでいるからこそ、そして前に進むために俺はこうして絢奈との時間を作った。

「後少しか……」

待ち合わせの時間まであと僅か……俺はスマホを操作し電話を掛けた。

『もしもし？』

「もしもし」

『斗和？』

俺が電話を掛けたのは修で、特に彼と話をすることは何もない……ただ、これだけを今は伝えておきたかった。

「すまない修。あの時の約束、撤回させてくれ――俺は絢奈が好きだ」

『……え？　ちょっと斗和――』

その先に続く言葉を待つことなく通話を切り、そこでちょうど待ち人も現れた。

公園の入り口から俺を見つけた絢奈、彼女は俺を見つけると嬉《うれ》しそうに微笑《ほほえ》みながら駆け寄ってきた。

「お待たせしました斗和君！」

元気な声でそう言って傍に立った絢奈に思わず頬が緩む。

「ありがとう絢奈。ちゃんと来てくれて」

「斗和君に呼ばれればどこにでも来ますよ♪」

ニコッと微笑んで絢奈は更に近づいた。

いつも見せてくれる笑顔はもちろんだけど、俺たちを夕陽《ゆうひ》が照らしているのもあってどこか幻想的な光景だ……でも、俺には分かる――今日の絢奈はどこか無理をして笑っている……それがハッキリと分かるんだ。

「絢奈」

「はい」

絢奈のその無理が何に起因しているのか、それも確かめるために話をしよう。

ただ……俺がこれから話をしようとしていることは、ある意味で絢奈のこれまでを否定することになる。

俺の言葉を聞いて彼女はどう思うか……それが少し怖いけれど、それでも俺はもう止まるつもりはなかった。

「改めて絢奈と話をしたかったんだ。大切なこと……俺たちのこれからのことを」

「私たちのこれから……大切なこと？　それってもしかして……？」

分かりやすいくらいにモジモジしながら照れる絢奈。

確かに今の言い方だと告白というか、それに似た意味を含む何かだと思われても仕方がないのかもしれない。

でもごめんなと心の中で謝罪をした後、早速切り出した。

「最近、俺はずっと絢奈の様子が気になっていた。ふとした時に見せる陰りのある笑顔の理由は何なのか、今も強がっているように見える笑顔はなんなんだろうって」

「……斗和君？」

分かりやすく絢奈の表情は変化した。

先ほどまで浮かべていた微笑みはなくなり、代わりに困惑を前面に押し出した様子で俺に視線を向け続けているが、俺はその視線を真っ直ぐに見つめ返し、決して逸《そ》らさずに言葉を続ける。

「絢奈、君はもしかしたらずっと抱えているんじゃないか？　絢奈が本来抱えなくて良いモノ……抱えるのであれば俺のはずだった憎しみや悲しみをさ」

「っ⁉」

どうしてそれを、そう言わんばかりに絢奈は大きく目を見開いた。

その反応こそが肯定の証《あかし》であり、俺が元々知っていた記憶と斗和から聞いた話、この世界を照らし合わせた上で何も間違っていなかったことへの証明だ。

目に分かる変化を見せる絢奈を見ていると、こんな話はすぐにやめて思いっきり抱きしめたい衝動に駆られるがグッと抑え込む。

「その様子だと間違ってなかったみたいだな？」

「…………」

絢奈は顔を俯《うつむ》けたまま答えない。

正直なことをいえば全部伝えてしまえば楽なんだろう……でも、彼女たちからしたらゲームの世界だと言われたところでどうしようもないことだし、何より俺だけが知る記憶だからといって別の世界のことを話すのも違う気がするからな。

しばらく絢奈は俯いていたが、小さくを息を吸った。

そして、彼女は言葉に激情を乗せるようにして大きな声を上げた。

「抱えなくて良いモノなんかじゃないですよ……アレは！　あの人たちは斗和君にあんな酷《ひど》いことを言ったんですよ⁉　そんなの許せるわけない……大好きな人があんな風に言われて我慢出来るわけないじゃないですか‼」

基本的に絢奈はあまり大きな声を出すことはない。

それこそこんな風に感情を剝《む》き出しにするのは俺に何かあった時だけ……まあそもそもそういった状況を作らないようにするのが大切なんだけど、小さい女の子を助けた時や星《せい》奈《な》さんを助けた時も体を張って絢奈に心配を掛けた。

その時も彼女は普段と違う様子を見せていたが、今回に関しては今まで以上に絢奈の感情がこれでもかとその激しさを見せている。

「初音《はつね》さんは斗和君に酷いことを言いました！　琴音《ことね》ちゃんも斗和君に会って酷いことを言いました！　お母さんだってそうです……それに！　それにあの事故は修君の不注意からだったのに彼は笑ってたんですよ⁉　絶対に……絶対に許せるわけないじゃないですか‼」

「……絢奈」

絢奈の瞳は激しい怒りを携え、俺ではない別の存在を睨《にら》んでいる。

矢継ぎ早に言葉を発したせいか息継ぎのために肩を揺らしており、額からは汗を流して本当に見たことがないほどに余裕のない姿だ。

俺を見つめる彼女の瞳はさっきも言ったが確かに怒りを宿している……だがそれ以上に助けを求め、泣きそうな子供のような目もしていた。

「……ごめんな絢奈」

「え……？」

突然謝った俺に彼女は目を丸くした。

確かに今の流れでどうして俺が謝るんだと絢奈はそう思っているはず……これにはちゃんとした理由があってのことだ。

「俺はずっと気付くことが出来なかった。君がそんな風になるまで、今の今まで気付けなかった……絢奈が傍に居る幸福に浸るだけで、本当の意味で俺は君を見ていなかったんだよ」

俺と斗和、二つの魂が重なったからこそ言える言葉だ。

俺は斗和であり、斗和は俺でもある……それ故に、斗和の過去もまた俺の過去でもあるのだから。

絢奈はそんなことはないと首を振る。

「そ、そんなことないですよ！　斗和君はずっと私を見ていてくれました！」

いいや、絢奈に今のような表情をさせている時点で見ていなかったことは明らかだ。

俺は結局ずっと甘えていた……絢奈が傍に居てくれることに、一人だけ幸せな気分になって浮かれていただけなんだ。

絢奈が抱える心の闇に気付かずのほほんと過ごしていた人間――それが俺だ。

「結局俺は修と同じだったんだ。ずっと君の優しさに甘えてた」

「違う！　斗和君はあいつなんかと一緒じゃない！」

違う違うと絢奈はずっと頭を振っている。

もはや普段、俺の傍で笑顔を浮かべている彼女はここには居らず、俺から向けられる言葉をひたすら否定し続ける絢奈がそこには居た。

(心が痛いな……こんな絢奈は見たくないぞ本当に)

あまりにも心が痛く、さっきよりも駆け寄りたい衝動が強くなる……いや、普通に足が動いていたがそれよりも早く絢奈が俺の胸に飛び込んだ。

「違う……違うんです……斗和君は……斗和君は!!」

俺の胸に額を擦《こす》り付けていた絢奈は顔を上げ、俺が声を出す隙すら与えないと言わんばかりに言葉を続ける。

「大丈夫ですから……斗和君は大丈夫ですから！　あの人たちのことは私に全部任せてく

ださい。絶対に後悔させますから……だから……だから……っ！」

ようやく、絢奈は自分がやろうとしていることを吐き出した。

その方法を詳しく説明してくれたわけではないが、それでも修を含めて彼らを後悔させるために水面下で動こうとしていること……それはきっと、ゲームのシナリオと同じで絢奈が暗躍し実行しようとしていることだ。

「やっと話してくれたな？」

「……あ」

たぶんだけど絢奈も自分で何を言っているのか、分かってなかったんじゃないかな。

絢奈が今後も絶対に俺に教えることはなく、裏で全部一人で動いて終わらせるのが絢奈の計画だったはずだ。

でも、まだ終わってはいない。

絢奈はきっとどうにかして俺を説得する形で行動に移すはず……結局のところ、絢奈はそうやって動けてしまうほどの力を持っている人間だ——それは俺に対する一途《いちず》で重たい愛ゆえの行動……自分で言うと恥ずかしいけど嬉しいもんだ。

「絢奈のことだし、ずっと話さないつもりだったんだろ？　俺が知ることのないように動いて全部終わらせて……それでずっとその出来事を一人で背負って俺の傍に居てくれる……そうなんだろ？」

「……どうして」

どうしてそこまで分かるのかと驚いている様子がありありと伝わってきた。

少しだけインチキのおかげだと茶化《ちゃか》すようなことはせず、俺は畳みかける勢いで更に言葉を続けた。

「絢奈、そんなことをする必要はない」

そう口にした瞬間、絢奈は驚きの表情から絶望の表情へと変わった。

彼女が一番恐れているのは俺からの拒絶……つまり今のは俺が彼女のやろうとしていることを否定したからこその表情だ。

変わらずに俺から離れない彼女の頭を撫《な》でながら、ジッと見つめて離さない絢奈の瞳を見つめ返しながら俺はあのことを話す。

「今日さ。保健室で眠っている時に夢を見たんだよ」

「夢……？」

「あぁ。このまま俺が何もしなかった場合に訪れる未来のことを……あまりにも都合が良すぎる夢だけど、絢奈が一人で苦しんでいる未来を見たんだ」

「それ……は……」

絢奈は更に衝撃を受けた様子だった。

ただ俺の予想と違ったのは彼女があまりにも夢のことを変に思った様子ではないことと、逆に思い当たる節があるかのような反応を見せたことが気になった。

俺はまさかと思い、彼女に問いかけた。

「もしかして絢奈も見たのか？」

あり得ないと思いつつも聞かずにはいられなかった。

絢奈は少しの間を置いた後、確かに頷《うなず》いた。

（……そんなことがあるのか？　でも、目を覚ましてから絢奈を見た時に気になったのを考えると嘘《うそ》じゃなさそうだ）

これももしかしたら絢奈の心を抉《こ》じ開ける奇跡の一つだったのかもしれない。

だが、絢奈の考えは違うらしい……この期に及んでというと少し強い言葉かもしれないけど、絢奈はどこまでも頑《かたく》なだった。

「それでも……そんな夢を見たとしても変わりません！　私はどれだけ苦しんだって良いんです！　私はただ斗和君のために生きたいんです……私が苦しんでも斗和君が幸せならそれで良いじゃないですか！」

その言葉を聞いた時、俺の中で何かがぷっつんと切れた。

よくよく考えれば……いや、どう考えてもこの子に対して俺が怒りを抱く道理は絶対にない……でも、俺は今初めて絢奈に対して小さくはない怒りを覚えたんだ。

「それのどこが良いっていうんだよ絢奈!!」

「っ!?」

ガシッと、彼女の両肩に手を置いて俺は叫んだ。

こんな風に絢奈に向かって大きな声を出したことはないし、きっと表情も険しいものを見せたことはなかったはずだ。

その証拠に絢奈はずっと俺の顔を見てくれているが、明らかに怯《おび》えの色が見える。

そんな彼女を見ても出てくる言葉は止まらず、今まで感じていたもどかしさを全て吐き出すかのように俺は言葉を重ねていく。

「どこの世界に自分の愛している女の子が苦しんでいるのを我慢出来る男が居るってんだよ……しかも自分のせいでその子が苦しんでんだぞ!?　逆の立場で考えてみてくれ。俺が絢奈のために何かを頑張って、それで俺が絢奈の知らないところで傷ついてるとしたら君はどうなんだ!?」

「そ、それは……」

想像出来たのか絢奈は再び下を向いた。

……そうだろ？　絢奈だってそう思うだろ？　その態度が何よりの証、君は今それと同じことを俺にしようとしていたんだよ。

ここまで強く言っても絢奈は決して俺から離れることはなかった。

今まで俺たちはこんなやり取りをしたことがないせいで、絢奈もたぶんどうすれば良いか分からないからただただ俺に引っ付いたまま……そう考えると、ここまで言って彼女が離れないのはある種大きすぎる信頼でもあるのかな。

「いきなり強く言ってごめんな？　でも言いたかった……ほんと、絢奈って俺のことになると頑固だよな凄《すご》く。それが嬉《うれ》しくもあるけどちょっと重たくもある」

「……嫌ですか？」

「嫌じゃないよ。大好きな女の子に強く想《おも》われるのは大歓迎だ」

ポンポンと頭を撫で、今度は優しく絢奈の両肩に手を添えて再び見つめ合った。

絢奈はまだ泣いているが、それでも今のやり取りのおかげで表情は和らいだ……俺はそんな彼女を見てここだなと思い、斗和と話したことを実現するために動き出す。

「なあ絢奈、俺は今日君の前で過去に受けた悲しみを乗り越えようと思う。そして同時に絢奈も一緒に前に進もう——過去に囚《とら》われるんじゃなく未来に向かってな」

「え？」

絢奈から離れて草陰に隠していたボールを手に持った。

あっと声を出して目を見開く絢奈を見ると、そこまで驚くのかと苦笑する……まあでもそれも仕方ないのかもしれない。

記憶が確かなら退院して以降、俺がこうしてボールに触れることはなかったから、それも大きな驚きの理由のはずだ。

（正直、サッカーをしている姿と言われてもピンと来なかった……でも今なら何をすれば良いのか分かる……いや違うな。何をしたいかが分かるんだ）

そこからはただ、俺は自分の本能に従った。

俺はボールを地面に置いた後、つま先の上に器用に乗せ……そしてリフティングを始めた――不思議な感覚だ……まるで体が覚えているかのように、かつて同じことをしたかのように器用な動作でボールを操れる。

「よっと！　ほっ！　それ！」

こうしてリフティングをしているとあの時を……絢奈と初めて出会った時のことを思い出す。

落ち込んでいた絢奈に元気になってもらいたくて、俺は自分に出来ることを精一杯にやった……その時に見せてくれた彼女の笑顔を、俺が彼女を好きになるきっかけになったあの笑顔を俺はまた見たいんだ。

「……あぁ……ぐすっ！」

ボールを操る中、チラッと見た絢奈は泣いている……でも、その泣き顔は決して悲しみだけで彩られたものではなかった。

そして、俺は見たんだ。

「……ふふっ」

絢奈が笑ってくれたのを。

「絢奈は覚えてるか？　泣きそうになった君をこうして笑顔にしようとしたことを……とにかく君を笑顔にしたくてこうやったのをさ！」

「はい……はい！　もちろん覚えています……だってあれが私と斗和君の出会いだったんですから！」

絢奈の言葉に俺はボールを操りながら頷いた。

そうだよな……あの時から俺と君の時間は始まり、今まで多くの時間を共に過ごしてきたんだ。

でもそれは決してどこかで終わる道ではない、終わらせたくない。

俺たちの出会いから始まった物語はどこまでも続いていく……大好きな君と共に歩むこ

れからがずっと続いていくために！

俺はリフティングを止めてボールを蹴りながらサッカーゴールの前に立った。

今回絢奈との時間を作るのにここを選んだ理由はまず思い出の場所であることと、こうしてサッカーゴールが置かれているのもあった。

まるでこの場所を使ってくれと言わんばかり、それこそ全てが整い俺と絢奈の新しい出発点として相応《ふさわ》しい場所だった。

「確かに俺にはまだ、あの事故の悲しみと怒りは残ってる……どうして俺がこんな目にって思うことも当然まだある」

斗和が抱いた悲しみと恨みは俺の中でなおも燻《くすぶ》り続けている。

けれどもう良いじゃないか、過去は変えられなくても乗り越えられるんだって証明してやろうぜ？

絢奈が壊れていく未来を変えるくらい簡単なんだって、この世界に堂々と胸を張って教えてやろうじゃないか。

「だから俺は乗り越えるから！　だから絢奈、君も過去に囚われ続けるのはここでやめるんだ。一緒に乗り越えよう──俺は大丈夫だから……だから君が俺の代わりに背負うモノなんて何もないんだ！」

背後でジッと見守る絢奈の視線を背中に受けながら、俺はゴールを睨《にら》む。

「斗和君……っ」

「……ふぅ」

小さく深呼吸をして息を整える。

あまりにも軽すぎる考えかもしれないし、こんなことでと思われるかもしれない。

けれどまずは俺の胸に残り続けている負の感情を清算しよう……これは俺の抱く感情だからこそ、俺にしかどうすることも出来ないから。

（この一発でチャラだ……やるぞ斗和）

まだ俺の中に居てくれるか？　それは分からなかったが誰かが頷く気配だけは感じ取ることが出来た。

足を振り上げ、思いっきりボールをゴールに向かって蹴った。

真《ま》っ直《す》ぐに放たれたボールはそのままゴールへと向かい、パシュッと音を立ててネットを揺らした。

久方ぶりに感じたこの感覚……それはあまりにも気持ちが良く、同時にずっと纏《まと》わりついていた何かが吹き飛んだような清々《すがすが》しさがある。

「良いシュートだな」

うんうんと一人で頷いてしまうほどにナイスシュートだった。

そんな風に自画自賛していた俺の背後から絢奈が抱き着き、そのままお腹《なか》に腕が回ってきた。

ゴールの余韻に浸っていた俺にとって、この突然の衝撃は少し驚いたもののすぐに彼女に対する愛《いと》おしさが溢《あふ》れる。

「……もう見れないと思っていた斗和君の姿……それを今になって見せてくれるなんてこんなに嬉しいことはないですよ。私は本当にサッカーをしている斗和君を見るのが大好きでしたから」

「俺だって同じだ……絢奈と母さんがメガホンを手に応援してくれていた姿を見るのが大好きだった」

昔のことを思い出しながら、お腹に回されている彼女の手を優しく解《ほど》く。

そうして絢奈に向き直りさっきみたいに強く抱きしめた。

（……本当に幸せなんだな。好きな人が腕の中に居る感覚って）

それからしばらく絢奈を抱きしめ続けた後、改めて再び彼女と視線を合わせる。

「さっきも言ったけど俺はもう大丈夫だ。今ので悲しかった過去、辛《つら》かったことには本当にさようならだ」

「…………」

「だから絢奈、もう一度言わせてくれ——君は何も抱え込まなくて良い。君が背負う必要は本当にないんだから」

「……でも」

ここまで言っても絢奈はまだ認められないようで、さっきも思ったけど本当にこの子は頑固すぎる。

これではまるで頑ななヒロインを如何《いか》に攻略するかに悩む主人公みたいじゃないかと苦笑しながら、それでもあくまで真剣に絢奈へと言葉を届け続ける。

「抱え込むな、背負うなって言っても絢奈はずっとそうだったからな。だから簡単に捨てられるものじゃないことも分かっているつもりだ。だから俺はその感情を否定はしない……だから俺がずっと君の傍《そば》でその感情を癒《い》やし続けるよ」

「斗和君……」

「それで過去の憎しみも悲しみも必要がないってことを絢奈に教えてあげるから。俺たちの内どちらかが幸せでどちらかが不幸だとしたらそれは間違った姿だ。どっちかじゃない……俺たちは二人で幸せにならないといけないんだ」

「っ!!」

　そう、どっちか片方だけが幸せだと意味がない。

　相手の幸せを望むなら何より自分自身が幸せにならないとダメなんだ……そうすることでお互いが幸せになり、本当の意味で手を取り合える未来が来ると俺は思っているから。

「俺が今日、絢奈をここに呼んだのはその話をしたかったから。そしてもう一つ、絢奈に伝えたいことがあるんだよ」

「……これ以上に何かあるんですか？」

「もちろんだ……あぁでも、むしろこっちの方が本命かな？」

　まだ絢奈からの答えは何も聞いていないけれど、それは今から伝えることを聞いてもらって判断してもらおう。

　俺がこれから伝えること、それは今の俺たちの間にある中途半端な関係を終わらせるために必要なこと……そしてその先に進むために必要なことだ。

「えっと……その……だな……」

　って、何を今になって恥ずかしがってるんだ俺は。

　今こうして絢奈を抱きしめているし、何度も恥ずかしい台詞《せりふ》も言ってきた……なんならエッチなことだってしたってのに何を今更躊躇《ちゅうちょ》しているんだよ俺！

　もう一度深呼吸をした後、俺はその言葉を伝えた。

「思えばずっと正式に伝えてはいなかっただろ？　俺たちはただ、流されるままに関係を結んでなあなあだった……だから言わせてくれ——好きだよ絢奈」

「……あ」

ここは正直、元々の斗和に文句を言いたい部分ではある。

元々俺たちは状況に流されるだけでちゃんと気持ちを伝え合っていない……もちろん好きだと口にすることは何度もあったけど、それは結局ずっと流され続けた先での言葉でしかない。

だからこそ、改めて本当の告白を俺はさせてもらったんだ。

これが過去を乗り越え、そして前に進むためにどうすればいいか考え辿《たど》り着いた俺の答えだ。

「……斗和君は」

「うん」

「斗和君は本当に不思議な人です」

そう言って絢奈はまた俺の胸に額を当てた。

ギュッと抱きしめる力が強くなり、それだけ彼女からの強い気持ちを明確に感じ取ることが出来る。

「正直……こんなことになるとは思っていませんでした。ずっと私が抱え続けていたモノに気付いてくれるだけじゃなくて、また見たいと思っていた姿を見せてくれて、更には私が一番欲しい言葉をくれた」

絢奈は顔を上げ、俺を真っ直ぐに見つめながら言葉を続ける。

「斗和君、私は酷《ひど》い女です。あの人たちをずっと後悔させてやりたいと考え、修君の気持ちを知ってからはその好意を利用し復讐《ふくしゅう》の足掛かりにと考え……関係のない人ですら餌として利用しようとしました。でも、斗和君の言葉一つで簡単に揺らいでしまうほどの軽い女です……そんな私でも斗和君は――」

「好きだ。どんな君でも俺は好きなんだ。何度だって言える――俺は君のことが、絢奈のことが心から大好きなんだ」

力強くそう伝えると、絢奈も応えるように頷《うなず》いてくれた。

「私も斗和君が好きです。どうしようもないくらいに好きです。何があっても離れたくない、それくらい好きなんです。重い女と思われても構わない、それほどまでに大好きなんです」

絢奈から伝えられた真っ直ぐな言葉と共に、胸に去来したのは喜びだった。

今まで何度もお互いに気持ちを伝え合ったことはあったけれど、間違いなく今交わした俺たちの言葉はこれまでとは違う意味が込められている。

ジッと絢奈を見つめていると、彼女はそっと目を閉じた。

俺はその合図に応じるように顔を近づけ、その唇にキスをした。

「……絢奈」

「……斗和君」

一度顔を離し、お互いの名前を口ずさんで再びキスを交わす。

「……しょっぱいな」

「泣きましたからね。それは我慢してください」

女の子の涙はしょっぱくても美味《おい》しいよ、なんて言ったら怒るかな……？

あまり真剣な空気が続くのも疲れるかなと思い一つギャグをぶち込もうとしたが踏み止《とど》まった。

「キスってこんなにも幸せな気持ちになれるんだな」

「そうですね。今までずっと感じていたことですけど、今のキスは今までのどんな時よりも幸せでした」

確かにそうだと俺は頷いた。

さて、あと一つだけ……あと一つだけ言わないといけないことがある。

「絢奈」

「はい」

「俺と付き合ってくれないか？　これからもずっと、俺の傍に居てほしい」

「はい。私も斗和君とお付き合いをしたいです――これからもずっと、私もあなたの傍に居たいですから」

気持ちを伝えたとなれば、これも聞かないとダメだよな。

絢奈の返事を聞いたことで俺は安心し、分かりやすく安堵《あんど》の息を吐《つ》く。

今回のやり取りで修復不可能なまでに仲が拗《こじ》れたらどうしようもなかったものの、俺と絢奈だと出来レースみたいなものだったか？　だがそれでも良い……今の俺はとても満足しているから。

「少しベンチに座ろうか。ちょっと疲れたよ」

「あ……そうですね。少し落ち着きましょうか」

絢奈を連れて以前にも使ったベンチに腰を下ろした。

少しだけ暗くなってきたけど絢奈もこのまま別れるつもりは毛頭ないようで、その証拠にベンチに座った瞬間に絢奈がギュッと腕を抱くように身を寄せた。

（……本当にホッとするな。こうして絢奈と一緒に居るのは）

ホッとしているのもあるが、諸々《もろもろ》のことを考えるとこれからが大変だなと考えてしまうのだが……それでも絢奈が傍にいてくれたら、どんなことでも乗り越えられるという確信が俺にはあった。

「……斗和君」

「はい」

「えっ、どうしたんです？」

「いや、考え事しててつい敬語になっちった」

「……ふふっ♪」

傍に誰かが居るのに考え事に没頭するのは良いことじゃないんだが、それでも今だけはそれを許してほしい。

口元に手を当ててクスッと笑った彼女はこんなことを口にした。

「もう暗くなってきてしまいましたけど……その、もう一度キスしたいです」

「…………」

「ダメ……ですか？」

「ダメなわけあるかいな」

「斗和君喋《しゃべ》り方が安定していませんよ⁉」

ああもう！　それだけ嬉《うれ》しいってことだよ！

絢奈の要望に応えるように、俺はもう一度彼女とキスを交わす――どちらかが離れてもどちらかが距離を詰め、再び唇と唇を触れ合わせる。

「ありがとうございます……えへへっ」

「……可愛《かわい》いかよ」

俺にとって絢奈は最初から可愛くて綺麗《きれい》で、魅力的な女の子だった。

けれど今目の前に居る彼女は今まで以上に魅力が溢《あふ》れているように見え……まさか一歩関係がしっかりとしたものになるだけでここまで見方が変わるとは思わず、俺は絢奈にデレデレなのが表情に出てないかと不安になりながらも、これが摑《つか》み取れた幸せの一つだと思うと感慨深い。

ただ……一つだけ気になることが俺にはあった。

(ゲームでもそうだけど、この世界でも絢奈は修たちを苦しめるために暗躍しようとしていたわけだが……あれって全部一人でどうにかなるものなのか？)

それぞれのヒロインに対して奪い取る側の男をあてがったのは絢奈……それはちゃんとファンディスクで語られていたことだけど、いくらゲームとはいえ絢奈一人で用意出来るとは考えにくい……まあでも、考えても無駄か今となっては。

「斗和君」

「うん？」

絢奈に呼ばれ、俺は彼女に目を向けた。

俺から視線を外して空を見上げる彼女は月の女神のように美しく、俺の視線を掴んで離さない。

俺たちがここに待ち合わせたのは夕方だったけど辺りはもう薄暗い。

そろそろ帰らないといけない時間ではあるが、もう少しだけ彼女と話がしたい。

「斗和君は私がやろうとしていることをえげつないやり方と言いました。正直、私もそう思っています――私がやろうとしたことは修君を絶望させるために、彼と親しくなった人たちの尊厳が奪われる姿を目撃させ、最後の最後に私は最初からあなたと共に居ないんだと思わせるものでしたから」

「…………」

こうして彼女の口から直接聞くと不思議な気分だ。

言っていることは残酷な結果をもたらすものなのに、彼女の纏《まと》う雰囲気があまりにも柔らかくて恐ろしいという気持ちにさせない……これはもう、絶対に絢奈はそれをしないと直感しているからだ。

「今でもあの人たちを許せない気持ちは残っています……ですが、斗和君がここまで私に寄り添ってくれて、一緒に前を向こうって言ってくれたんです——だから私も頑張って乗り越えます」

「絢奈……」

「最初から……最初から一人で抱え込む必要はなかったんですね。でも、常々思っていましたけど本当に不思議だったんです。自分でも悍《おぞ》ましいことをしようとしていたのは理解出来ていたのに……私は絶対に出来ると確信していました。必ずあの人たちに報いを与えられると、どうしてか分かっていたんです」

「そうなのか……」

「はい……本当に不思議ですね」

もしかしたらそれが絢奈に抱かせた世界の意志なのかもしれないな。

でもやっぱりこの世界で俺たちは生きているからこその現実……だからこそ、こうして話をすることでいくらでも未来は変えられる。

「絢奈が彼女……彼女かぁ」

とはいえ、改めて今の関係を認識するとニヤニヤしてしまうな。

隣でクスクスと笑う絢奈は人差し指で俺の頰を突《つつ》きながらこう言ってきた。

「私だって嬉しいんですから抑えてくださいよ。じゃないと私まで頬が緩々になって戻らなくなってしまいますもん」

「絢奈は良いよな。そんな顔でも可愛いんだからさ」

「あら、それを言うなら斗和君だってかっこいいままだからズルいですよ」

「……ははっ」

「……ふふっ」

そうしてまた、どちらからともなく俺たちは笑い合った。

本当に……本当に良いなこの感じ。

絢奈と一緒に居るのはいつも通りなのに、今の俺たちの間にあるのは新鮮味を感じさせる初々しさだった。

まだ少しだけ赤さが残る空を見上げながら俺はボソッと呟《つぶや》く。

「……これで一旦は安心で良いのかな……ふぅ」

おそらく絢奈はまだ、完全に俺みたいに割り切れてはいないはず……でももう大丈夫だろうこれで。

俺は今、意識せずに呟いたが声は限りなく小さかった。

しかし絢奈はしっかりと聞いていたようだ。

「大丈夫ですよ。流石《さすが》に愛する人に計画を知られた状態で何かを仕出かすような愚かさは私にはありません」

「それって知られなかったら絶対やってたってことだろ？」

「もちろんです。それだけ私の想《おも》いは強かったんですっ！」

……くぅ、言っていることは凶悪なのに、もう大丈夫だと安心しているせいで可愛い風にしか見えない。

「悪戯《いたずら》好きな小悪魔め」

「ふふっ、お仕置きをしないと何かしちゃうかもですよ？」

「…………」

語彙力がなくなりそうになるほどに絢奈が可愛い。

それからしばらく彼女と再び見つめ合ってもう一度キスをした後、俺たちは帰るために立ち上がった。

7章

I Reincarnated As An Eroge Heroine Cuckold Man, But I Will Never Cuckold

夕暮れの時は過ぎ去り、暗くなった道を絢奈《あやな》と共に歩く。

「斗和《とわ》君」

「どうした？」

「いえ、呼んでみただけです」

「……そか」

「はい」

何というか、さっきからずっとこんなやり取りを繰り返している。

公園を出る前から絢奈の可愛さは凄《すさ》まじかったのだが、片時も離れないと言わんばかりに俺の腕を抱いて歩く彼女が本当に可愛くて、こうされると感じる豊満な胸の柔らかさは、もはやおまけみたいな感覚だ。

クスクスと笑う絢奈から視線を外し、お互いに静かになってまた歩き出す。

でも、静かだなと思ってチラッと絢奈を見ると彼女は俺を見ていた。

そして何故《なぜ》かお互いに照れるように顔を赤くし、どちらからともなく目線を逸《そ》らしては再び目を合わせる……あの〜、本当にこれは何の時間でしょうか？

「引っ付いているとはいえ、前をだな……」

「いいえ♪　斗和君だけを見ます♪」

前を見るように指摘しても、こんな風に可愛く言われたら強く言えない。

彼女は本当に俺から一切視線を逸らすことなく、腕を抱いたまま帰り道を歩き続けた。

だがその時だ——俺たちの前に彼が現れたのは。

「あ……」

目の前に現れた人影に俺と絢奈は足を止めた。

「修《しゅう》」

「…………」

そう、目の前に現れたのは修だった。

走って俺たちを探していたのか肩で息をしており、顔にはかなりの量の汗を掻《か》いている。

修は腕を組んで歩く俺たちを驚愕《きょうがく》の眼差《まなざ》しで見つめたかと思えば、次いで俺を強く睨《にら》みつける……それは今まで、俺が修に向けられたことのない類いの視線だ。

その瞳にあるのは驚愕と悲しみ、そして俺に対する怒りだ。

息を整えた修が口を開こうとした時、彼よりも早く絢奈が言葉を発した。

「斗和君と付き合うことになりました」

「……え」

俺の隣で発せられた言葉に修は唖然《あぜん》とした。

結局のところ、遅かれ早かれ修と話をする必要はあったので俺も絢奈に続こうとしたのだが、そんな俺を制したのは絢奈だった。

「ここは私に任せてほしいです」

小声でそう言って絢奈は修と向かい合った。

俺は絢奈の言葉に従うように一旦何も言わずに状況を見守ることに――ただ、そこで俺は一つ気付いたことがある。

それは絢奈の修を見る目だ。

以前に絢奈が修のことを見つめる目が無機質なモノだと感じたことがあったけど、今の彼女が修を見る目は無機質なモノではない――ちゃんと幼馴染《おさななじみ》という存在を見る目をしていた……そう、幼馴染としてだ。

「私はずっと斗和君のことが好きでした。小学生の頃からずっと、出会った時からずっと大好きでした」

絢奈の言葉が進む度に修の瞳に悲しみの色が濃くなる。

信じたくない、認めたくない、そんな感情をこれでもかと感じさせる目……そんな修は俺の存在を忘れたかのように絢奈だけをジッと見ている。

ただ絢奈だけを見つめ、唾を吐き出す勢いで修は口を開いた。

「なんで……なんでだよ！　小さい頃からずっと僕たちは一緒だった！　それこそ斗和よりもずっと一緒だったじゃないか！　いつも一緒に居てくれて……ずっと笑顔で居てくれたじゃないか!!」

それは絢奈の幼馴染としてずっと過ごしていたからこその修の言葉だ。

修は傍《そば》に居てくれた絢奈に良く想われていると疑っておらず、絢奈と結ばれるのは自分であるとずっと思っている……だから認められないんだ。

今日は本当に色んな人の色んな表情を見るなと思いつつも、俺は二人から視線を逸らすことはしない。

「そうですね。ずっと一緒に居ました」

「だったら！」

「だからこそ！」

「っ……」

大きな声を出した修よりも、更に大きな声を出すことで絢奈は彼の言葉を遮り、落ち着いた声音で言葉を続けた。

「私なんかじゃなくてもっと良い人を見つけてください。あなたの好意を利用して嘘《うそ》を吐《つ》き続けた最低な私なんかよりも、修君にはきっと素敵な人が居るはずですから」

絢奈の言葉に乗せられた想いは決別と申し訳なさだろうか。

彼女が浮かべている表情は笑顔に違いないけれど、修からすれば残酷な事実を叩《たた》きつけられているだけ……俺も修に色々と思うことはあるし、俺が彼よりも正しいと胸を張るつもりもない。

修と一緒に過ごした日々が確かに俺の記憶にも刻まれているからこそ、修であってもその傷ついた表情を見るのは少し辛《つら》い。

「嘘ってなんだよ……僕はずっと絢奈のことを……」

目に涙を溜《た》めながら修は絢奈に手を伸ばす……しかし、その伸ばされた手に絢奈が応えることはなかった。

絢奈の様子から全てを悟った修はその伸ばした手を下ろし、次に俺に視線を向けた——

「っ……」

「だからこそ！」

その目に宿っているのは明確な敵意であり、裏切り者と言われている気分にさせてくる。

「お前が──」

修が一歩を踏み出す……だが、それすらも遮ったのがまた絢奈だ。

「修君！」

「……っ！」

「どうかあの人たちのように思考停止に陥らないでください。全部自分の思い通りにならないと癇癪《かんしゃく》を起こすようなことはしないでください。そうじゃないと修君もずっと立ち止まったままですよ」

「……くそっ」

怒りに身を任せようとした矢先に浴びせられた絢奈の言葉に、修は頭が冷えたのか一目散に走り去ってしまった。

段々と小さくなる背中を見つめていた絢奈は小さく息を吐き、また俺の胸の中に飛び込んだ。

「実を言うと……少しブーメランかなとも思いました。でも……これで私もまずは一歩前に進めたんじゃないかなって思います」

「あぁ、そうだな。俺もいずれあいつと話をするつもりだ」

俺のことは一旦良いとして、よく頑張ったなと絢奈の頭を撫《な》でる。

しばらく立ち止まったまま頭を撫で続け、手を離すと絢奈は物足りないといった表情で俺を見上げてくる。こうなってくると、やめ時が分からなくなって俺の方が困ってもんだ。

「今日は私……帰りたくないです」

「……あ〜」

今日はじゃなくて今日もだよな？　まあそんな野暮《やぼ》なツッコミをすることはなく、絢奈がそうしたいのであれば拒む理由はない。

でも……今日は帰りたくないって言葉を言われるとドキッとするし、本当の意味で彼女と恋人同士になったんだなと実感が強くなってまたニヤニヤして……あぁダメだ今日はもう！

「斗和君？　プルプル震えてどうしたんですか？」

「誰のせいだ誰の！　絢奈のせいで体の震えが止まらないんだよ！」

「え、えええええええっ⁉⁉」

取り敢《あ》えず俺をこんな風にさせた罰というか、報いを絢奈に与えるために思いっきり抱きしめておく。

暗がりの夜道でしばらくイチャイチャしていた俺たちだったが、俺のスマホに母さんからどこに居るのかというメッセージが届いたことでハッと我に返り、すぐに帰宅するのだった。

▽▼

「母さん……凄《すご》く喜んでたな」

帰宅した後、今日も絢奈が家に泊まることを伝えただけでも喜んでいたのに、いざ本格的に付き合うことになったのを伝えるとそれはもう狂喜乱舞という恐ろしい様を俺たちに見せ付けた。

例によって例の如く、今日もまた母さんは酒を飲んででろんでろんだ。

「まあでも……あの様子だと随分待ってたんだろうなぁ」

俺たちの仲を疑ってはいなかったようだけど、正式な報告を母さんはずっと待ち望んでいたんだと思う。

ずっと俺たちのことを見守ってくれていた母さんに良い報告が出来た……これもまた一つの親孝行だろうか。

「本当に……色んなことがあったな」

ここ数日の出来事、冗談抜きで何カ月分かのイベントが詰まりに詰まっていたような濃密さだった。

この世界で斗和として目覚め、大好きだった絢奈と出会い、流されるままに絢奈との甘い時間を過ごしながらも違和感に気付き、そしてこの世界のことを思い出して絢奈と話をして……そうしてなんとか絢奈の心の闇を取り除けた。

本当に濃密だ……こんなのゲームだったら一体どれだけの行動力ポイントを使っているのか分からないほどだ。

「修のことや琴音《ことね》に初音《はつね》さん……星奈《せいな》さんもかな。まだ問題は残るけど、伊織《いおり》と真理《まり》に関しては大丈夫なはずだ。絢奈を止めれば彼女たちには何もないはずだし」

もちろん、だからといって今後は一切様子を見ないわけじゃない。

彼女たちからすれば俺はただの先輩であり後輩だけど、せっかく仲良くなれたのだから万が一がないように見守るくらいは出来るだろう。

「……うん？」

外を眺めていた時、窓ガラスに映る自分自身の姿を見た。

相変わらずの雪代《ゆきしろ》斗和としての姿がそこにはあって、俺はそんな自分自身に向かって微笑《ほほえ》んだ。

「斗和、どうにかなったよ。俺、頑張ったと思う」

心なしか窓に映る俺が笑ったか？　疲れているし気のせいかもしれないが、そう見えたって思うことにしようじゃないか。

そんな風に一人で思いを馳《は》せていると扉の向こうで足音が聞こえ、風呂上りの絢奈が戻ってきた。

「良いお湯でしたぁ♪　お待たせです斗和君」

「おかえり絢奈」

髪もしっかりと乾かした絢奈が隣に並んだので、俺は何も言わずに彼女の背後に回ってお腹《なか》に腕を回すように抱きしめた。

「もしかして待ってませんでしたか？」

「寂しかったなちょっと……うん、寂しかった」

「ふふっ、今日の斗和君は本当に可愛《かわい》いですね」

「何を言うか。俺なんかより絢奈だろそれは」

男が可愛いと言われて嬉《うれ》しいかと言われたら微妙なところ、だからそういう言葉は絢奈みたいな女の子に似合うものだっての。

「……すぅ」

「ふふっ、くすぐったいですよぉ」

絢奈の髪に顔を埋《うず》める形で香りを嗅ぐ。

体をモジモジと動かす絢奈を逃がさないように、ガッチリと捕まえていたが……別に絢奈は逃げないかそっかそっか。

「こうして抱きしめるだけで満足しちゃうよ。良い香りなのもそうだし、絢奈が持つ温《ぬく》もりが何より心地よいんだ。夏になったら出来なくなるし、今だからこそ思う存分出来ることだよな」

「夏でもしてくださいよ。斗和君が汗ベタベタでも私は構いませんよ？」

「ベタベタは流石《さすが》に嫌がってくれ」

「い～やですぅ♪」

クスクスと絢奈は笑う……うん、本当に心からの笑顔だな。

きっと今の俺はとてつもなく感慨深いというか、あまりにも優しい表情でもしていたのかもしれない。

一瞬目を丸くした絢奈だったが、すぐにまた微笑んでこう言った。

「斗和君、今の私は翼が生えたような気分です」

「解放的……なのでしょうか。ずっと足に付けられていた足枷《あしかせ》が外れたような、それくらいに清々《すがすが》しい気分なんです」

「というと？」

「そっか……そっかそっか」

あぁ……本当に嬉しいな、そんな風に言ってくれるのが。

俺はまた少しだけ強く絢奈のことを抱きしめ、絢奈もまた俺の手に自身の手を重ねるようにして握りしめる。

「全部が全部上手《うま》く行くことはありません。きっとこれからも大変なことはあると思うんです……私も表に出そうになる黒い部分をグッと堪《こら》える瞬間もきっと増えるはずですけど大丈夫です！　だって斗和君が居ますからね♪」

「あぁ、その通りだ。そして俺だって同じだよ。何があっても、何を言われても、もう乗り越えちまったから気にならないし、君が傍《そば》に居てくれるからな」

「はい♪」

二人ならきっと、どんな困難があっても乗り越えられる。

これは希望的観測ではなく、そうであると自信を持って良いものだ——どう考えても大丈夫だろう？　だってこんなにも素敵なパートナーが傍に居るんだから。

「……今となっては受け入れられます。あのままの私だったら、きっとこんな気持ちで斗和君の傍には居られなかったんですね」

「そうだなって言いたいところだけど、それすらも絢奈なら隠すんだろうなきっと」

「それもまた愛の成せる力でしょうか……でも、絶対にこっちの方が良いです」

俺の腕を解いて絢奈は正面に立った。

上目遣いに俺を見つめる彼女……これは何を求めているのか、なんとなくこれかなと思ってキスをしてみる。

「えへへ、言わなくても分かるんですね？」

お、正解だったみたいだな……よし！

なんだかあれだな……今日はもうずっとフワフワしている気がするけど、今日くらいはもうこの気分のままで居たい。

思いっきり気を抜いていた俺の不意を突くかのように、絢奈は感極まった様子を隠すことなくこう言った。

「斗和君――私を見つけてくれて、私を助けてくれて……私を好きになってくれて本当にありがとう！」

ありがとうと、そう言った彼女の笑顔はとても綺麗《きれい》だった。

ずっと忘れることが出来ないほどに、脳裏に焼き付けられるほど……それくらいの心からの彼女の笑顔だった。

俺の方こそ、ありがとう絢奈。

俺と出会ってくれて、俺を助けてくれて……俺を好きになってくれて本当にありがとう。

間違いなく、俺たちは今日一つの壁を越えた。

それを実感すると共に、腕の中に居る彼女をいつまでも守れるように……俺はこれからも彼女と共に歩むことを心に誓う。

一人ではなく、二人で幸せになる——それが俺の……いや、俺と絢奈が二人で辿《たど》り着いた答えだ。

あとがき

みょんです。

この度、無事にエロゲのヒロイン二巻を刊行出来たこと本当に嬉《うれ》しく思います！

今回が一つの決着として絢奈《あやな》との話が終わり……終わったわけではないのですが、いち段落した……ここまで辿り着けたのが本当に良かったです。

物語に関してもある一定の謎は当然残っていますが、一番書きたかった部分は書けたので満足していますし、やり切ったなと自分で自分を褒めたい気分でもあります（笑）。

もちろんこうして形になったのは自分だけの力ではなく、一巻から引き続き、イラストを担当してくださいました千種《ちぐさ》みのり先生にも大変お世話になりました。

初めてカバーイラストを見た時、なんだこの神秘的なイラストは、とテンションが跳ね上がったのを覚えています。

絢奈の心情であったり、良い区切りを迎えることが出来た巻だと、そう思える本当に十分すぎるほど素敵なイラストでした！　心よりお礼を言わせてください！　ありがとうございました！

そして、今作も手に取っていただいた読者のみなさんも本当にありがとうございました。

自分で生み出したこの絢奈というキャラクターが大好きなのは当然なのですが、読んでいただいたみなさんの心に残るような……それこそこんな子に会いたい、と思っていただけたならそれ以上に嬉しいことはありません。

最後になりますが、まだ物語は続くんじゃよと言えるくらいに頑張りたいと思いますので、引き続きよろしくお願いします！

エロゲのヒロインを寝取《ねと》る男《おとこ》に転生《てんせい》したが、俺《おれ》は絶対《ぜつたい》に寝取《ねと》らない2

著　みょん

角川スニーカー文庫　23716
2023年７月１日　初版発行

発行者　山下直久
発　行　株式会社KADOKAWA
〒102-8177 東京都千代田区富士見2-13-3
電話　0570-002-301（ナビダイヤル）

印刷所　株式会社暁印刷
製本所　本間製本株式会社

◇◇◇

●お問い合わせ
https://www.kadokawa.co.jp/（「お問い合わせ」へお進みください）
※内容によっては、お答えできない場合があります。
※サポートは日本国内のみとさせていただきます。
※Japanese text only

Printed in Japan　ISBN 978-4-04-113847-2　C0193

★ご意見、ご感想をお送りください★
〒102-8177 東京都千代田区富士見 2-13-3
株式会社KADOKAWA　角川スニーカー文庫編集部気付
「みょん」先生「千種みのり」先生